百鬼夜行

百鬼夜行 卷6

黃色小飛俠

笭菁 著

百鬼夜行—卷6—黃色小飛俠

（※本故事內容純屬虛構，如有雷同，純屬巧合。）

目次

楔子

溫度下降了。

男子顫抖著縮起身子，他勉強找到一個天然的洞穴，說是洞穴也是差強人意，不過就是幾塊巨石堆疊，剛好中間製造出一個空間可供遮風擋雨，但高度只能讓他側躺，長度深度都無法容納他整個人，所以他蜷縮在裡頭。

裡頭地面還有一堆碎石，也有著殘留的飲料瓶，或許也曾有人跟他一樣，在這山裡迷了路，飢寒交迫下躲進這狹窄的空間；山裡的夜晚非常凍人，濕氣又重，這幾天還颳風下雨，能找到空間遮蔽已是萬幸了。

他拿出手機，沒敢開機，今天下午試過一次沒有訊號，就不再隨意開機浪費電了，他必須到能有收訊的場所再嘗試，雖然希望不大，但總是要讓手機維持電力。

不知道其他人怎麼樣了？他到現在還在想著究竟哪裡出了問題，大家都是按照規劃好的路走的，爲什麼突然間同伴走丟了？是哪個環節出了錯？是他迷路了？還是其他人走錯了？

這是十天前的想法，但十天後的現在，他也走不出這座山，他也迷路了。

他必須繼續往上爬，下切河谷只是增加危險性，他如果可以找到空曠點，說不定還有求生的機會。

阿成他們就算走錯了路，也應該是會這樣選擇的吧？千萬不要下切河谷，這幾天雨勢驚人更不可能渡溪，不如就向上走吧。

夜晚他不趕路，食物缺乏的情況下，必須保持一定的體力，所以傍晚他找到這處躲藏處後，就把自己塞進洞穴裡，不再動彈的保持體力了。

「沒事的，沒事的。」他喃喃自語的安慰自己，只要到空曠或稜線處，只要家人發現他失聯已久，就會有人出動搜救的。

他要做的，是活下去。

突然間，腳步聲隱約的由遠而近，他驚愕的往洞外注視著，眞的是腳步聲！有人！

他聽著疾速的腳步聲行走，腳底還帶著泥沙，聲音越來越近，聽起來會從他面前經過！

說時遲那時快，一雙黑色的運動鞋就從他面前飛快的閃過，他瞪圓眼睛一時錯愕！

黑色？帶著白色閃電鑲金線的球鞋，那不是阿成的嗎？是這次登山同行的夥件！

「阿成！」他扯開了嗓子大喊，開始努力把自己挪出那狹窄的空間。

這眞的是太窄了，因爲他過度著急，洞頂還磨破了他左肩頭的外套，但他只顧著趕緊爬出洞外，就怕一閃神失去同伴的身影；上半身才出洞，趴著的他引頸向前，果然看見那熟悉的紅色外套。

「阿成！」他抓起背包，踉蹌的往前追，因爲蜷著雙腳太久，血液還有些許不循環，「等等我！阿成！」

同伴彷彿沒聽見似的，持續往前奔，看阿成那模樣，像是在追趕著什麼似的？

好不容易看見同伴，他也沒辦法思考太多，急起直追，趁現在還有點昏暗天色，兩個人作伴絕對比一個人好！

「阿成！」

好不容易，逼近了同伴，他這次的大喝終於讓人停下了。

紅色外套的人微微側首，有些不可思議似的，但沒有完全回頭。

「你是耳背了嗎？我喊你這麼久都不停！」他上氣不接下氣的走上，心臟都快爆掉了，「天色都黑了，這樣跑很危險的！」

「快點……我們要趕快追上他們！」紅色帽兜男終於回過了頭，果然是阿成。

但他臉色非常差，慘白著一張臉，黑眼圈深重，兩頰凹陷，看來大家這十幾天都過得不好。

「誰？大頭他們嗎？」他來到阿成身側，「我剛剛就在附近的洞穴裡，我跟你說，你來之前完全沒有任何人經過！」

阿成沒有回答，只是擰著眉搖頭，下一秒就衝了出去。

咦？男人愣住了，他連抓都沒抓住同伴，看著他穩健的邁開步伐朝前衝，不明所以。

「前面的路不明確，不要這樣跑啊！」他打開頭燈，驚恐喊著同伴。

「他們要消失了，機會只有一次！」阿成回頭怒吼著，「你想不想離開啊！」

「廢話，我他媽的想！」男孩跟著大吼，「但你說的他們是誰？我到現在都沒有看見過別人！」

他朝前看去，森林裡驀地有雙眼閃閃發光，有隻鹿從林間奔過，當鹿奔離時，他赫然看見在前方十公尺處，真的有人影！

男人煞停了腳步，瞠目結舌的看著那持續向前高速移動的人影，還有阿成緊追在後的背影。

「不……不行！阿成，不要跟過去！」他大吼著，聲音在林間迴盪著。

在最前方的奔跑的人，穿著、穿著——

啪，一記重拍突然拍在他的肩膀上，「爲什麼不要跟過去？」

「哇啊——」他嚇得大叫，驚恐回過身子，腳跟直接絆到了石頭狼狽摔地。

他什麼都不敢亂看，頭燈映照著黑暗濕潤的地面，一雙沾滿泥土的布鞋就在自己面前……鞋上，覆蓋著隨風飄動著的，黃色雨衣。

「不不不——」

第一章 員工旅遊

女孩依照訊息指示，乖巧的提早十分鐘抵達便利商店，她將腳踏車停好後，愉快的走入店內。

「欸，棠棠來了啊！」晚班的沐云正在結帳。

「對啊，不是讓我提早來？」厲心棠今天紮著的高馬尾上，束了個全新的草莓髮飾，「有什麼事嗎？」

「妳去看公告！」沐云一臉神祕，指著員工室。

這都什麼時代了，有公告不是都在群組裡說嗎？還特地讓她提早來？這反而讓厲心棠覺得鐵定是驚喜，三步併作兩步的奔入員工室裡。

「棠棠！來啦！」小剛一看見她便笑彎了眼，其他同事紛紛交換眼色，小剛眞的是都要把「我喜歡厲心棠」刻在臉上了。

厲心棠立即看向白板公布欄，眼睛越睜越大：「員工旅遊？」

「對啊！一起出去玩！」小剛即刻挨近她，「很意外吧？我之前都不知道便利商店也可以員工旅遊的！」

「因爲不可能。」店長無奈的笑著，「我們這種輪班制，怎麼員工旅遊？不在了誰來頂？」

嗯？厲心棠一愣，「對啊，我如果出去玩，誰幫我上大夜？」

「都不必！」門口走進老闆，厲心棠趕緊站直身子。

他們這間便利商店的老闆是個大叔……大哥，體形肥碩，毛髮量豐富，這個豐富泛指頭髮、鬍子跟體毛，可以說是個毛茸茸的老闆，聲音也如想像的低沉，以老闆來說，對員工還可以啦！

雖然很常扣獎金又不加薪，但至少合乎法律。

「店內要整修一星期，全面停業，所以老闆舉辦員工旅遊，想讓大家一起去玩。」店長制式的說著，眼裡完全沒有感情，還帶了一種哀莫大於心死的情緒。

難得有一週的假可以放，到底誰要去搞什麼員工旅遊啊！

「哇，一個星期啊！」厲心棠掩不住笑，那不就有一整週的假？

「對，我希望每個人都參加，這也是促進我們凝聚力的活動！」老闆接著說，「你們也很難得可以認識其他人，這個機會彼此交流一下！」

便利商店的員工爲什麼需要凝聚力啊啊啊！店長在心裡痛苦的深呼吸，但掩飾得極佳，沒被發現。

「OK啊！出去玩我沒問題！」厲心棠可興奮了，因爲她從來沒有跟同儕出去過啊！

她從小到大都是在家唸書的，家裡的「長輩們」上知天文下知地理，世界各國語言都會，知曉的歷史比課本教的更真，所以她完全沒有去上學的必要，但也因爲如此，她失去了與「同學」相處的機會。

她眞的沒有同齡的朋友，即便現在該是上大學的年紀了，她也沒有閨蜜這種東西的存在！唯一可以稱得上朋友的，就是這間便利商店的同事了！

偏偏她是大夜，大夜輪值只有她一人！就算跟其他班都認識，也不可能一起出去玩啊！

「棠棠去，我當然也……會去！」小剛一顆心雀躍異常，他終於有機會跟厲心棠出去了！

爲了增加相處機會，到時他要跟其他人打好招呼，拜託他們多讓他與厲心棠單獨在一起，爭取好感！

店長抽著嘴角，其實老闆的意思很明顯，這幾乎是不容拒絕的團建。

「這趟旅遊預計幾天呢？」厲心棠轉著眼珠子，「可以攜伴嗎？」

攜伴？小剛一驚，腦子裡閃過曾在便利商店外看過的男人，黑色的頭髮、神祕的氣質、全身黑色裝束，同時帶著神祕感與王子氣息的男人——那個破壞他與厲心棠早餐約會的傢伙。

「不能攜伴，純粹就我們全體員工……」老闆笑了起來，「我們這次不能算是純度假，所以不適合攜伴。」

老闆這話讓人覺得不對勁啊！不是度假？還不適合攜伴？小剛忍不住發問了，「我們員工旅遊是要去哪裡啊？」

「登山！」老闆瞬間堆滿神祕笑容，「三天兩夜。」

三天兩夜的登山！店長瞬間拉下了臉，這哪是員工旅遊，這是員工操練吧！

一時間，休息室內一片死寂，除了老闆外，其他人都是怔在當場，笑容凝結在嘴角，連厲心棠原本要鼓掌的手都停住了。

登山？她緩緩放下雙手，還要三天？

「登山是還好，但為什麼要三天？我們不是當天來回嗎？」店長頓感不妙，一般健行頂多走走便完事，爬個山也是一天之內能解決。

三天兩夜這種行程，是專業登山吧？

「那個你們，我們要去爬七雲山，我擬定了一個最簡單的路線，讓大家可以悠閒慢慢走，天數才會拉到三天。」老闆興高采烈的報出了山名，那座山絕對不是郊遊度假的路線，那幾乎是專業登山者攀爬的高山啊！

「老闆，我們都不是專業登山人士啊！像我……別看我這樣看起來似乎很壯，但我身上都是肥肉，平常沒在運動的！」小剛趕緊反應，七雲山的山難事件超級多，就是因為它的險峻啊！

「對啊，健行我都不行了，更何況登山，還七雲山！」店長也發出抗議，「老闆，我們可以去市郊的一些小山走走，去野餐……」

他說到一半聲音轉小，因為老闆正用不快的眼神瞪著他。

「緊張什麼！看看我這種身材，我有在運動嗎？我還有慢性病，我才比你們更怕吧！」老闆不悅的唸著，「七雲山並非都是危險路徑，我剛說了，最簡單最普通的路，讓大家輕鬆當郊遊去走走，中間會有一些遊戲活動，目的是爲了凝聚大家！」

門口不知何時也站了趁空偷聽的沐云，她一張嘴張得超大，根本闔不起來，登登登登山？

「簡單可以去別的山啊，安全一點的……」她虛弱的在門邊發表意見，但外頭傳來叮咚入客聲，她不能停留著轉身往櫃檯邊奔去。

「很安全！那條路線一般一天就能結束，我拉長到三天，而且我也請了專業嚮導帶隊，那個你們放心！」

放心？誰放心啊？小剛瞄向身邊的厲心棠，從剛剛開始她就沒說話了，之前還很雀躍的她，突然間眉頭深鎖。

「不不……」厲心棠終於出了聲，「山裡不是那麼適合待這麼多天。」

老闆冷眼一掃，「什麼意思？」

厲心棠眼眸低垂沒回答，欲言又止，想著該怎麼解釋比較妥當。

「但再普通還是有難度吧？而且這跟露營不一樣，女生會不會更不方便？」

店長暗示的說道，不能洗澡就算了，廁所問題怎麼解決？

「這趟就是要鍛鍊大家的，有專人帶領，大家不必擔心。」老闆重複著一樣的說法，「而且一切都是依我的體能設計，我都能走了，你們鐵定能。」

小剛打量著老闆，話是這麼說沒錯啦，老闆這身材絕對有三高，他都敢挑戰七雲山了，他們這些年輕人自然不是問題！但是……重點是好不容易的休假，爲什麼要在野外求生中度過吧？

「就是這樣！那幾天員工旅遊我照樣給薪，我希望每個人都來參加，這是大家培養感情與凝聚力的好機會！」老闆嚴肅的宣告，話外之意感覺多少帶了點命令的意味兒。

那幾天如果給薪的話，代表員旅等同於上班，不到就是算請假或是曠職，店長暗暗握拳，深深覺得老闆也太卑劣。便利商店要什麼凝聚力啊，他們都已經被訓練成十項全能的超人了，要凝聚力做什麼啦！

儘管氣氛依舊低迷，但老闆明顯就是不太在意，交代了店長幾聲後便離開店內，沐云跟佳臻在櫃檯裡正忙著，抽不開身，但兩個人心裡都不由得對於登山活動感到無比的抗拒。

「你要去嗎？」休息室裡的店長冷不防的問小剛。

「啊？我……我……」他小心的瞄向厲心棠，店長扯著嘴角，這答案大概是：厲心棠去，他就去吧。

厲心棠卻抿著唇，留意著時間快到，焦急的趕緊準備交班。

「棠棠？妳去嗎？」小剛鼓起勇氣問了。

「啊？」厲心棠相當遲疑，「我不知道……一天我覺得可以，但三天眞的太多了！」

「是啊，跟老闆說說看好了，三天太扯，而且我們就不是專業登山者。」店長希望獲得更多人的支持，他好去跟老闆商量。

「我覺得是不會太難啦，老闆爬個樓梯可能都有問題了，他不會找太難的路。」厲心棠一邊喃喃自語，一邊煩惱，「我擔心的不是路，我覺得一定很簡單，露營也好玩，我還沒跟朋友露過營呢，只是山裡……」

山裡有很多無法掌控的山魅鬼怪，那是她鮮少接觸到的，因爲死在山裡的人，沒有來「百鬼夜行」喝酒過。

因爲，他們出不來。

之前在山裡遇到的魔神仔不一樣，他們不是被山魅帶走的，不屬於山，所以還能進出，可是眞的被山帶走的人可不同，他們是無法離開山的，所以就算家裡各種妖魔鬼怪，對「山」都懷有一份敬畏之心。

她想出去玩，想跟同伴一起去過夜旅行，但是就怕叔叔他們不會答應。

她家是開夜店的，夜店位在R區，這是首都最繁華的地帶，有條「寧靜街」

上，清一色全是酒吧夜店，而這裡遠近馳名最知名的夜店，就是他們家那城堡外觀的「百鬼夜行」！

不管是員工或是賓客都會裝扮成各式鬼怪，店內的服務人員更是全部扮成鬼或知名妖怪……但事實上，他們沒有裝，「百鬼夜行」的員工，眞的全是妖魔鬼怪。

而且一樓是開放給人類消費者，二樓就是人類以外的非人，不管什麼死狀的鬼、不管多邪的惡魔，只要來都是客，而店裡，眞的從未有從山裡出來的客人。對，她是被各種亡靈跟妖怪養大的正港人類，也因爲不想一直待在店裡工作，才會跑到這便利商店來上大夜班！

「我先去上班了。」她關好櫃子，禮貌的向大家頷首後，趕緊出去跟沐云她們交接。

「棠棠！妳要去嗎？」沐云果然哀聲嘆氣，「我們如果不去，會不會丟工作啊？」

厲心棠歪著頭，問得眞好，「我不知道耶！」

休息室裡的店長深呼吸後起身，他還是決定要找老闆鄭重談談，「我們不是怕辛苦，怕的是危險，對吧，小剛？」

「嗯……而且如果眞的要玩遊戲或是凝聚力，找個平地或飯店也好啊，老闆是想讓我們做什麼？」

「野外求生咧……我看我們這一票，會用打火機已經很厲害了。」

「所以老闆說他找了嚮導。」小剛無可奈何，「哎唷我的天，到底是誰給老闆提這種員旅意見的啦？」

酒瓶震顫了一下，蘭姆酒停止倒出，金髮的絕美男子眼神一沉，他都還沒說話，吧台已經被人用力一掌擊下！磅！

「不行！」魁梧的男人猙獰怒吼，「過什麼夜？還去山裡！」

一屋子各式鬼怪都靜了下來，有幾個擦杯子擦到一半的都不知道該不該發出聲音，掃地的車禍鬼都定格了，狼人的力氣很大，不爽就把他們撕開來玩也是有可能的，嗚。

而揹著包包、一臉疲憊的厲心棠站在吧台邊，無力的看著他。

「好快，又十五了。」她懶洋洋的說著，「嗨，歡迎你來喔，小狼！」

小狼是「百鬼夜行」裡的知名ＤＪ，每逢月圓時就會到店裡駐唱順便躲避月光，誰叫他是一遇到滿月，就會變身的狼人；狼人的天性無可避免，但不能在人類社會引起恐慌，否則他們、「百鬼夜行」的鬼怪們會有危險的。

「我、的、吧台桌。」吧台內，那金髮碧眼的男子敲敲桌面，「你不要每次來都破壞店裡的東西，這樣下去你押在店裡的錢都不夠賠。」

「死長牙的關你屁事。」小狼齜牙裂嘴的低吼，一排利牙磨著。

德古拉懶得理他，將調好的飲料擱上吧台，他看起來比厲心棠還要累，畢竟天亮了嘛。

「妳得跟老大他們說說。」他溫柔的交代，眼皮沉重，「我眞不行了，我要去睡了。」

厲心棠揚起笑容，一腳踩上高腳凳，伸手向前，探身越過吧台後，自然的勾過了德古拉的頸子。

他也自然的任她勾著，女孩在他白皙的臉頰上一吻。

「晚安，德古拉。」

俊美的男人泛出幸福的笑容，用力摟了摟女孩，「晚安，我的棠棠。」

他打著呵欠，從吧台邊繞出，出口那兒的狼人正狠狠瞪著他，吸血鬼與狼人素來不合，也不是一天兩天的事了。

「你別鬧他喔，小狼！」厲心棠坐在凳子上，拿起德古拉爲她調的酒。

唰，小狼瞬間跑到她身邊坐下，伸手阻止她喝酒，「妳一大早爲什麼喝酒？」

「心情悶啊，唉唷你不要吵，德古拉給我調的是甜甜的那種。」她推著狼人，「你身上好腥喔，多久沒洗澡了？」

小狼倒抽一口氣，眨眼間疾速退後，遠離了厲心棠。

他忘記了！棠棠很討厭他身上的腥味啊，嗚，他要去好好的洗澡、換身衣服再來跟棠棠聊天！

厲心棠喝了一口調酒，再回頭時，狼人已經消失了。

而一條巨蟒般的蛇尾啪噠拍上吧台，捲著抹布正仔細的擦著整個吧台的玻璃架子。

「想去嗎？」右邊傳來了溫柔的詢問，厲心棠向右邊看去，那是圍繞著舞池的包廂，一個西裝筆挺的女人正在整理包廂內部。

而綿延數公尺的蛇尾，正是她的下半身。

「想！」厲心棠毫不掩飾自己的渴望，「拉彌亞，我沒有跟朋友出去過夜過呢！」

拉彌亞看著她，露出帶著慈祥的微笑。她知道啊，從小在「百鬼夜行」被養大的女孩，連學校都沒去過，怎麼可能讓她跟誰過夜？

「妳之前不是跟闕擎外出過夜過了？」她幽幽的說著。

「咦？」厲心棠登時漲紅了臉，「什、什麼過夜啦！我們那是被厲鬼嚇得逃命……剛好在晚上啦！」

這種過夜一點都不浪漫……唉唷，但跟闕擎過夜，聽起來好害羞唷！

闕擎是她難得在工作場合外認識的朋友，雖然他一點都不是很想跟她認識的樣子，他是個帥、卻非常孤僻、且擁有陰陽眼的男人。

因爲瞧得見亡靈且磁場特殊，總有許多孤魂野鬼喜歡纏著他，或惡意、或想要他幫忙解決事情的跟著，但闕擎是那種誰都不想理睬的人，卻在陰錯陽差的緣分下，將亡靈引到「百鬼夜行」尋求幫忙，進而認識了她。

雖然他是個很孤僻的人，但……其實人不壞，她有困難時都會幫她，而且還會去精神病院做義工，應該是個外冷內熱的人吧！

她其實……挺喜歡闕擎的，雖然他老是警告她不要接近他、不想做朋友，但她就是喜歡什麼事都傳訊息讓他知道，即使他沒有智慧型手機，她卻覺得他有在看。

不過，嗯，厲心棠心底一沉，她也好些日子沒跟闕擎聯繫了。

「最近都沒聽妳提闕擎，他也沒來……也沒有遊魂是他介紹來的。」拉彌亞刻意自然的說，「你們沒聯繫？」

厲心棠擠出笑容，大口把調酒喝完，一骨碌跳下高腳凳。

「我回去睡覺囉！」她拎過背包，匆匆的進入夜店舞台後的樓梯。

一隻青面鬼捧著一整箱洗好的杯盤經過，望著厲心棠消失的背影，「她心情不好。」

「我知道。」拉彌亞頷首，扔下抹布，吧台上的蛇尾咻地收回，轉眼成了她束於髮後的長馬尾。

大家都知道，她跟闕擎之間有點事，不是吵架，而是闕擎似乎解決掉一個孩子。

一個厲心棠認爲無辜天眞的孩子。

穿著一襲簡單白色運動服的男子坐在沙發上，微擰著眉的晃動手上的咖啡，接著朝身後的落地窗外望去，窗外是一片仙境般的景色，遠處青山綠水，池塘蓮花遍布，恍若世外桃源！

「山裡很難把控，沒事我也不想去跟山裡的主事者起衝突。」削著水果的女人有張奪魂懾魄的容顏，穿的一樣是情侶運動服。

「也不一定會出事，每天去登山的人類這麼多不是嗎？」男人嘴上這麼說，但難掩憂心。

「我不會擔心棠棠的野外求生能力，她的體能、知識都是大家教出來的，但我就怕……萬一山喜歡她怎麼辦？」女人嘆口氣，「就算每天告訴自己要放手要放手，但總是沒辦法放寬心。」

「芃芃那時怎麼不見妳這麼煩惱？」男人笑了起來。

女人沒好氣的瞪了他一眼，「她好歹算是都市傳說的一部分，那、裡出來的人，不會差。」

「棠棠也是我們養大的，被這麼多亡靈跟妖怪養大的孩子，應該也不會差！」男人其實是在說服自己，「當然，她沒有芃芃天生擁有的專長，不過我們討論過，她終究是人，讓她用人類的生活方式。」

女人沒說話，把切好的水果遞到男人面前，嘆了口氣。

如果可以，為人父母都希望能護子女一生的。

「算一下吧！」女人突然起身，「看看會不會有劫，有的話就不讓她去了！」

她逕直走向落地窗，才一推開窗，男人即刻制止！

她圓睜雙眼看著男人把窗子闔……上，深沉的雙眼看著她，搖了搖頭。

「別。」

順其自然，別去預測孩子的命運。

女人痛苦的收手，忿忿回身，抱著頭尖叫，發洩掉煩躁後，朝著自己房間裡衝去。

唉，男人只有嘆息，他拿著咖啡杯走到開放式廚房邊，打開水龍頭沖洗，想著房裡的厲心棠正在熟睡，想必沒聽見他們屋外的爭執……將杯子倒扣好後，他動手清理剛剛煮咖啡的咖啡渣，沉吟數秒後，他將咖啡渣倒了出來。

咖啡渣在雪白的廚房紙巾上散落，男人凝視著那張紙巾，深棕色的咖啡渣看似散落，但卻拼湊出了一個圖案。

死

第二章 借過

厲心棠高舉起手機，所有人開心的立即湊到鏡頭後，各自比著姿勢，連拍數張；站在比較後面的人是硬擠出笑容的，尤其是店長，臉上是大寫的不、情、願。

「好囉！我們十分鐘後出發！」戴著鮮紅毛線帽加綠色背心的嚮導用高昂的語氣鼓舞著大家，「別垂頭喪氣，我們的路線非常簡單，放心好了。」

「這眞的不是簡不簡單的問題。」店長非常不客氣的抱怨著，「老闆人呢？」

所有人聞言立即垮下臉色，均翻著白眼，是啊，老闆人呢？

「呵呵，他在下一關等各位啊！」嚮導叫亮亮，拍拍店長的肩，「別這樣，他也是跟大家一樣從這裡走過去的，那裡可是車子到不了的地方喔！」

「不知道爲什麼，就有一種很不爽的感覺。」店長緊皺眉心，其餘人紛紛點頭。

厲心棠忍著笑，看著眼前便利商店的員工們，最後，幾乎大家都到了。爲了三天的薪水，也爲了這份飯碗，雖然有種變相逼迫大家參加團建的感覺，不過人在屋簷下，不得不低頭，再不情願還是咬著牙來參加。

便利商店正職一共有七個人，日班三個、晚班三個、大夜班一位，另外還有兩個是機動性輪替的工讀生，雖說是總部那邊調派的協助人手，但老闆還是也請他們來，加上老闆與亮亮，剛好十一人。

而大家的背包可是老闆花錢請嚮導配置，讓大家不必煩惱登山所需的物品，最多就是帶吃的跟水壺。

「但老闆一個人在那邊嗎？」小剛忍不住提問了。

「嗯，一個人待著沒什麼，他只要不亂跑待在原地就好了。」亮亮笑了笑，「我昨天陪他一起走過去，今天再過來這兒跟你們會合。」

「一天就可以到老闆那邊了嗎？」沐云有點興奮，「這樣我們還需要待三天？」

「哈哈，其實我們專業的在走，如果早點出發，當天可以走完全程，慢一點的也是隔天上午就能結束。」亮亮實話實說，「但你們老闆還有別的要求，加上大家都是新手，就當郊遊吧！」

「最好這個能當郊遊……」有個非常高的男孩叨唸著，他手臂上滿滿刺青，是屬工讀生，大家都叫他花哥，「這可是七雲山，還三天兩夜的郊遊，我的天！」

「好了！都來了，放輕鬆！」亮亮拍拍胸脯，「放心好了，由我在，眞的不難……大家裝備揹好，檢查妥當就要出發了。」

厲心棠動手將胸扣扣上，每個人身上都揹著自己的東西，老闆爲了這場員旅也是煞費苦心了，公用的東西平均分配，剩下自己的東西則自己揹！厲心棠自己重整了背包，因爲她有這方面的知識，還是將物品準備齊全了。

但再怎麼樣，一個人負重二十公斤都是正常。

「好重喔，我們要揹這麼重爬山……」日班另一個女孩成娟哀聲嘆氣，看著眼前的高山，「很陡的話我會走不上去的。」

「別小看自己，這點重量沒問題的。」亮亮永遠都是鼓勵向，「基本的東西一定要備齊，山裡可是沒有便利商店的喔！」

這話引得大家失笑出聲，他們就是便利商店的員工啊！

他們員工性別平均，日班是成娟、佳臻與小莘，夜班是沐云、店長跟小剛，工讀就是那個可能有一百九十公分的花哥，還有看起來較孤僻、不愛講話的老胡，再加上老闆，男女比例剛好五五開。

「妳會重嗎？」小剛貼心的湊到厲心棠身邊問著。

「嗯？不會！這小意思。」厲心棠搖搖頭，她的背包絕對比一般人重得更多。

「別逞強喔，如果太重跟我說，我可以幫妳分擔。」小剛可能是這趟員旅中最興奮的人了，因爲終於可以跟厲心棠一起出遊，當然要找機會表現！

其餘同事互相交換眼神，畢竟全天下都知道，小剛對厲心棠有意思。

花哥打量著他們，輕輕的嗤笑。

「怎樣？」老胡淡淡瞥了他一眼。

「沒，就看他獻殷勤的樣子有點拙。」花哥挑挑眉，暗指小剛跟厲心棠。

老胡看著兩公尺前方的身影，略深呼吸，「小剛追不到棠棠的。」

「我也知道，能追到還要等到現在嗎？」誰不是一開始就留意到大夜的女孩？

當初面試時，店長就很煩惱讓厲心棠值大夜，她不是絕美，但亮麗又極有人緣，白淨甜美，是那種任誰看到都會很喜歡的類型，但偏偏她來應徵大夜，而且除了大夜外其他時段的班都不行。

大夜只有一人，還要負責上下架跟理貨，這些是煩惱之一，但最讓人憂心的還是夜晚一個漂亮女孩在櫃檯的風險……不過事實證明，厲心棠在這兒工作兩年，倒是風平浪靜，沒什麼大事發生。

所以都兩年了，小剛要能追早追到了，犯得著等到今天？

「走囉！」亮亮吆喝一聲，就他一人輕快的出發了。

「唉……」長嘆來自店長，他是萬般不願意，但還是只能領著大家，「走啊！看在薪水的份上！」

他催促著大家，自己則飛快的追上了亮亮。

厲心棠始終不停的朝著四周張望，高山峻嶺真的非常美麗，但她也相當謹慎，其實只要乖乖按照嚮導說的去做，不偏離路線就不會有事的；山魅也不會隨意出來吧？大家只要平常心的走在登山路徑上便好。

不要想太多，她這麼告訴自己。

小剛在一旁試圖聊天的吱吱喳喳，但厲心棠只是禮貌性的嗯嗯回應，基本上她沒仔細聽他在說什麼，只是想加快腳步，希望能追上最前頭的嚮導，獲得一些靜心的時刻。

「喂！小剛！」後頭有人喊了他。

小剛回頭，喚他的人就是花哥，他好奇的緩下腳步等待會合，此時厲心棠即刻往前走去，刻意拉開距離。

「咦？棠棠……」小剛驚愕的發現她逕自往前走，才想喊，就被花哥制止。

「喂，你節制一點吧？不停講話很吵！」花哥倒也不客氣，「你沒看到棠棠不怎麼想聊天嗎？」

「是嗎？」小剛緊張的反問，「很吵嗎？但是我就是想跟她……」

「她不想說話，我們這些旁觀者都看出來了，你就放過她吧。」老胡也沒在婉轉，「她想聊時自己會聊，你這種吱吱喳喳的男人，沒幾個女生會喜歡的。」

小剛登時倒抽一口氣，有些惱羞的瞪向老胡，「要你……要你管了！」

「你眞的太吵，我們出發到現在說個沒完。」佳臻竟也出聲，「我看棠棠像有心事，連來找我們一起走都沒有，就給她點私人空間吧！」

「對啊，剛剛亮亮不是說了？登山能淨化洗滌心靈？你這麼吵連我都洗滌不了。」沐云更是直接，聽得小剛一臉不悅。

他沒再說話，拉緊背包轉頭遠離了同事，爲什麼有種被群攻的感覺!?

他往前望去，很想追到厲心棠身邊，但卻發現一晃眼她已經遠在數公尺之外，幾乎都走到亮亮身邊了，好快的腳程，健步如飛，感覺體能不差咧！

亮亮隨時回頭留意著隊伍，也留意到跟在後頭的厲心棠，但她自顧自的低頭走著，沒有想聊天的感覺，亮亮也就不多語，繼續帶隊走在其實不困難的登山路徑上。

厲心棠玩著口袋裡的手機，她這幾天原本想要打訊息給闕擎，告訴他，她要跟員工同事來登山的事，不過最後還是沒辦法鼓起勇氣破冰。

她跟闕擎之間……有些複雜。

前不久她學著闕擎去做志工時，意外接觸到了一個疑似被虐待的男孩，進而遇到了「座敷童子」，那是在屋子裡的守護靈，但說穿了就是曾在屋子裡死去的孩子。

有個座敷童子選中了那個男孩加以保護，只要欺負男孩的其他人都會慘遭虐殺，縱使是以守護爲名，任何惡鬼都不能這樣濫殺……在整個過程中，闕擎總是抱持平淡的態度，告訴她，男孩被虐與否都是他的命，而且他甚至不相信座敷童子眞的能守護誰。

一連串的觀念衝擊都是小事，她還是去做自己想做的事，保護並救出那個男孩！

但最後，那個男孩竟自殺了。

一個小小的孩子，在學校的廁所裡，一刀一刀的割開自己的肌膚與血管、挖出自己的眼睛、拔掉自己的指甲，直到失血過多爲止……用的是莫名其妙出現的工具箱，而箱子裡裝滿各種刀械，經過查驗，上頭竟都是其他受害者的ＤＮＡ。

工具箱哪裡來的？爲什麼男孩會自殺？最終她去找了闕擎。

她就是知道跟他有關，因爲從頭到尾他的反應跟態度都在質疑她、質疑那個小男孩。

然後，她才知道，被虐待是男孩營造出的假象，欺負他的同學是他親自虐殺的，男孩也能看見亡靈，所以他利用座敷童子無條件的「守護」，進行殺人遊戲；而她，是被蒙騙的人，以爲自己在救一個無辜孩子，其實是在助紂爲虐。

男孩本想依附在她身邊，希望她能收養他，當她拒絕後，男孩甚至意圖殺了她！

「妳想想妳幫了什麼？妳幫助一個變態男孩成功練習虐殺同學、解決自己的親人，還讓他逃過制裁，未來他將繼續禍害其他人。」

闕擎那時冷冷的指責她，儘管她不是有心的，但她造成的事實卻不可抹滅。

而闕擎，去親自動手「彌補」了她的錯誤。

「不要太自以爲是，用自己的眼光看世界，妳的想法看法不一定是對的，固有的想法也並非正確，是誰告訴妳——孩子就一定天眞？」

她覺得自己犯了錯，但是卻還是無法接受闕擎一聲不吭的解決了男孩，甚至連用什麼方式她都不知道！因爲那個孩子怎麼可能用這麼殘忍的方式自殘？

她記得她約闕擎出來，他們就在夜店街上吵著。

「但你不應該這樣傷害他啊，我錯了你可以告訴我，我們把他送去警局，或是醫院，至少要讓他爲逝去的性命負起責任！」

「他已經負責了。」闕擎冷冷的回應她，「除了以命相抵，他還能有什麼方式？」

她其實有一堆想反駁的話語，但是說不出口，當時只能氣忿的衝回百鬼夜行，因爲闕擎這樣讓男孩自殺，跟那些動不動喊殺的厲鬼又有什麼不一樣？大家都是有本事就能取走他人性命！

而且她有很多事想知道，為什麼那個男孩會如此變態？是不是被鬼上身？那個男孩見得到鬼啊，一個八歲的孩子，不該會這麼殘忍的！

但她終究沒能得到答案，跟闕擎吵架那天之後就沒有再聯繫，反正他也樂得輕鬆吧！他不喜歡她纏著他、也擺明說過不喜歡交朋友，他只喜歡一個人，不想有任何社交活動。

她不是沒學到東西，只要想到自己可能真的助長一個變態殺人狂的誕生，自己都會覺得恐懼……但，誰會懷疑一個天真可愛的男孩？

「小心腳下！」前方突然有聲音傳來，厲心棠一秒回神時，前方就有顆凸起的樹根。

她抬腳跳過，真的差點絆到了，「謝謝。」

「想事情沒問題，但還是要看路喔。」亮亮微笑著，「在這裡等一下後方的人。」

厲心棠吁了口氣，發現自己居然是第一個，索性就著一旁的大石頭靠著，補充水分；望著後面拖得超長的隊伍，目前走的路徑都很平穩，但大家也走太慢了。

「加快腳步喔！」亮亮喊著，聲音在山裡迴盪。

加快腳步喔加快腳步喔……老胡聽著聲音來回震盪，神情略微嚴肅，前面的成娟仍舊哀號著又重又累，直接朝一旁的樹枝堆走去。

「好重！」她直接坐上那堆樹枝，「我要先休息啦！」

「到前面吧！亮亮在等我們，到那邊可以休息。」沐云說著，就前面……幾十公尺處吧，「哇，棠棠腳程好快喔，她跟著嚮導耶。」

「爲什麼距離會拉這麼長啊？我也累了！」佳臻索性坐到地上，背靠著成娟的腳，把背包摘下，擱在那團樹枝的前方。

小剛早也已朝著亮亮那邊趕去，花哥跟老胡停下腳步看著休息的女孩們，走在最後面的店長緩緩走來，難掩不耐。

「到前面再休息。」他沒好氣的說著，「妳們現在坐下來，還要拖多少時間？」

「就累啊！」成娟不爽的喊著，「又重又累，我都要走不動了！」

「就是！路看起來很平，但其實都是上坡！」佳臻跟著應和，「怎麼會有人喜歡爬這座山啦？」

花哥瞥了眼無奈的店長，準備上前去幫腔，懟一下嬌生慣養的女孩們，結果身旁的老胡卻拉住了他。

「別過去。」他搖搖頭，「她們的事自己解決。」

「可是……」

「店長，你先走前面吧，我殿後幫你看著。」老胡突然提出建議，「下一個休息點後再交換，花哥，你也先走吧！」

店長顯得十分詫異，他們知道他故意走後面是爲了隊伍嗎？眼裡不由得閃閃發光，更多的是被人知道的感動。

老胡彷彿看穿一切似的，朝他擺擺手，示意他先走沒有關係。

花哥倒有點爲難，都是工讀生，他平常跟老胡就很熟，關係非常好，現在私下也會去對方家裡吃飯或是玩，但老胡就是心軟，像這群女生嬌成這樣，就讓他覺得心浮氣躁。

「哎。」沐云也顯現不耐，「妳這樣一直叫也沒有用，換個心情啦……我先走了喔！」

「妳不休息喔？」成娟拉住她。

「才走多久？我不累。」沐云轉頭看向小莘，像求援似的，「我們走吧！」

小莘是相當安靜的女孩，點點頭後便跟著沐云往前走，緊追著花哥而去；坐在樹枝堆上的成娟忍不住大聲抱怨，佳臻也跟她一唱一喝，基本上她們就是來得不情願，又要揹沉重的背包登山，公主病就大爆發了。

而老胡，非常完美的在她們左側三公尺遠的地方等待，隊伍總要有人殿後以策安全，尤其這兩個公主病嚴重的，動不動就休息，萬一脫隊便不好了。

他眼神落在佳臻的身後，那堆成娟坐著的樹枝上，錯落的樹枝彷彿阻成了一個小洞穴，裡面漆黑什麼都看不見，但是……她們沒有聞到，腐爛的味道嗎？

彷彿看到有東西晃動，老胡即刻避開眼神……沒事的，不要亂看亂想就好。

「差不多可以了吧？」他計算著時間，「不要讓大家等妳們太久。」

成娟不太高興的看向他，「現在不是休息嗎？就一起休息，不同地點罷了。」

「最好妳等等走到那邊不會再嚷著要休息，妳要不要看看距離拉多遠了？」老胡不客氣的催促著，「好了，快走了。」

「走了走了！」佳臻連忙打圓場，扶著成娟的腿起身，抓起背包時又露出痛苦的神情，實在頗重。

她們邁開步伐沒十步，老胡就遠遠的看到亮亮揮動的紅色旗子，代表他們也出發了。

唉，這種速度，不知道要多久才能趕上隊伍？看看店長都已經超前了，就算沐云她們也都走得飛快，看來剛剛都是爲了配合這兩位公主。

老闆不是說要玩什麼遊戲增加凝聚力嗎？媽的！他可不想跟這兩個人一組，感覺誰同組誰倒楣。

他幾乎是拖著步伐走的，因爲成娟她們走得眞的很慢，此時身後卻傳來大步流星的腳步聲，這才是正常的行走速度吧！果然還是有登山客，看著路徑狹小，老胡下意識的往旁邊略閃出個空間，因爲足音逼近，勢必要讓人先過。

「謝謝！」來人逼近身後，輕聲道著謝。

「不會。」老胡頷首回應，跟著往右轉去。

聽起來至少有兩個人，沒有什麼喘氣聲，只有穩健的步伐，應該要從他右側通過。

但老胡停下腳步，他看著自己的右手邊，甚至回首看向整個右側及右後方……整條道路、甚至放眼望去的偌大範圍內，沒有人。

老胡僵住了，他喉頭緊窒朝前方望去，成娟與佳臻一前一後自在的走在他前面五公尺的距離，就這方圓數十公尺內，眞的就只有他們三個人。

腳步聲可以是錯覺，但那句「謝謝」，絕對就在他肩後啊！

「快走！」他一正首即刻追上佳臻，推著她的背包，「不要當散步！走啊！」

「你做什麼啦？」佳臻被推得莫名其妙。

老胡緊張的回首，決定不再管她們的直接超車，「我不想理妳們了。」

他錯身而去，擦過了成娟的肩頭，焦急忙慌的讓女孩們又錯愕又不爽，佳臻還回頭多瞄幾眼。

「你是在趕什麼？」她們身後又沒人在催！

「莫名其妙啊，我也沒叫你等我啊！」成娟朝前嚷嚷發表不平，她爲什麼有種大家都在針對她的感覺！「我……哎！」

她突然又一個踉蹌，朝旁略坑登一下。

佳臻趕緊攙住她，「小心啊！」

成娟反手握住她，站穩重心，神情有些困惑……怎麼剛剛好像感覺被撞了一下？她看著在自己身後的佳臻，默默搓搓自己的右肩，疑惑的皺起眉心。

「還好嗎？」佳臻瞧她怪怪的，再問了一次。

「嗯，沒事！沒事！」她這麼說著，卻也突然覺得不安的拉過佳臻往前，「我們也走快一點好了。」

看著老胡行走如風，山路蜿蜒之下，萬一老胡等等拐個彎，這條路上就眞的只剩她們兩個了。

「老胡，你走慢一點！等我們一下！」

顧不得面子，成娟拉開嗓門喊著，但是老胡完全不想停下腳步，因爲他聽見了！那急促的足音又出現了，就在他身後，而且步伐快到越來越近，他走再快也都無法擺脫。

那就是剛剛的腳步聲！爲什麼要跟著他？爲什麼——唰！老胡背脊一僵，渾身發冷，明顯的感受到有人從他身邊經過，他邁出的腳定在原地，就是放不下來，聽著足音往前，漸而消失……

不，不是跟著他？他愣在原地，不敢往前走，也不敢回頭，但他心底明白剛剛遇到了什麼！

「老胡！」成娟的聲音傳來，她跟佳臻幾乎是小跑步追上來的。

剛剛真的一轉彎就不見老胡人影了，她們嚇得直接跑起來，幸好一左拐就瞧見站在這裡的他。

「還、還好……不然都看不見人好可怕！」佳臻趕到老胡身邊，有點兒上氣不接下氣。

老胡這才回頭，看著兩個氣喘吁吁的女孩，內心突然放鬆許多……還是結伴同行的好對吧！

「別跑那麼快，這裡是高山，我們穩穩的走路就好。」他略吁口氣，終於邁出艱難的一步。

那組競走般的腳步，往前會遇到誰呢？店長？花哥？他們會留意到那個腳步聲嗎？或是會聽見誰喊了「謝謝」？老胡忍著恐懼沒說出來，他應徵時就跟總部說過，他勤快且基動性高，任何時候要調他都行，唯獨一個班他絕對不上。

大夜班。

他知道自己的磁場很容易遇上怪事，要避免這種狀況發生，就是不要輕易上大夜；所以他第一次見到厲心棠時其實就很驚訝，不說那麼可愛的女孩子上大夜本身就有風險了，再說她渾身上下……看上去實在很可怕。

是那種距離她一公尺遠，他就會渾身汗毛直豎的人。

這麼漂亮開朗的女孩，爲什麼身上會纏了這麼多奇怪東西呢？但她氣色看起來又挺好的，眞是一個特殊的女孩啊！

而根本不需要休息的厲心棠依然走在最前頭，與亮亮保持三十公分的距離，不知道什麼時候開始，她聽見了逼近的腳步聲，走得非常快。

「借過。」

「喔！好！」她一邊說，一邊回頭。

後方離她最近的是……沒有人。這條路上，除了她跟亮亮外，一個人都沒有。

「什麼？」亮亮聽見了，他跟著回頭。

厲心棠嘴角擠著微笑，深吸了一口氣，「好、好慢喔！其他人好慢！」

「還好，速度還在掌控之內啦！」亮亮回過身子站著，「不然我們等幾個人過來，再一起走好了。」

「嗯！」厲心棠用力點點頭，再好不過了。

她剛才沒聽錯，眞的有人跟她借過，而且她確定眞的有什麼從她身邊經過，那微風不假，她沒這麼遲鈍。

從小跟亡靈一起長大的她，不會不知道那些東西在身邊的感覺！

才剛出發啊！她調整著情緒，山裡有很多始終在登山的人，不怕，沒關係，只要不要招惹就好了！他們只是在爬山，讓條路，他們就能繼續走自己的路。

亮亮依舊帶著一臉陽光燦爛的笑容，接著挑高了眉，看見從彎道處出現的人影，「這裡！」

小剛有些上氣不接下氣，原本有點駝背疲軟的他，一見到厲心棠即刻直起身子，做出一副神采飛揚的模樣，朝著厲心棠跟亮亮他們猛揮手。

厲心棠笑著回應，在小剛身後不遠處，出現了花哥的身影，而她身後的亮亮從容上前來到她身邊。

「沒事的。」亮亮笑了笑，「妳做得很好，就打聲招呼沒關係。」

咦!?厲心棠笑容僵在嘴角，不安的看著亮亮。

「沒事!棠棠是吧?」亮亮笑容裡卻難掩緊張，「記得別喊全名就是了。」

厲心棠緩緩點頭，「好。」

亮亮也知道。

這麼多人都感覺得到，是正常的嗎?她從口袋裡拿出手機，點開了打好的訊息草稿，指頭在螢幕上遊移著。

這種雞毛蒜事，到底要不要跟闕擎說呢？

第三章 意外變故

沉靜的男人蹲在地上，拿過一片綠葉遞給兔子，毛茸茸的兔子即刻上前，可愛的啃咬起葉子來，囓齒科的動物吃東西時煞是可愛，男子撫摸著兔子，臉上露出難得柔軟且放鬆的笑容。

一般人幾乎見不到他的笑顏，他總是冷淡靜默，不苟言笑，唯獨面對動物們時，總會流露自然的一面。

因爲動物們多可愛，你對牠好，牠們就會對你好，而人類不一樣……想想他才解決掉的一個孩子，殺了同學、害死父母，爲的就是要找更喜歡的監護人，他遇上座敷童子才能這麼爲所欲爲，誰讓座敷童子會守護孩子。

但很可惜，這個孩子連座敷童子都能犧牲，自己親手毀掉自己無條件的守護者，多殘忍啊。

背後突地一陣惡意，男人瞬間斂起笑容，聽著拖行的步伐靠近，某然一聲巨響，鐵網籠被拍得震動。

「你這麼悠閒啊！」沙啞的聲音傳來，穿著病服的男人抓著鐵籠搖晃著，「山裡很可怕的喔！」

沉靜男人朝上瞥了眼，他當然知道是誰，這是一個嚴重的精神病患者，他患有嚴重的妄想症跟精神分裂症，總是說他腦子裡有聲音，或是有人纏著他，他過去間接害死兩條人命，因爲精神異常，所以最後判定入院治療，已經在這裡住了十幾年了。

不發病時，他是個很天眞的大男孩，智力停留在七歲左右，喜歡跟護理師們玩，也喜歡院裡的小動物，最愛在戶外曬太陽，聽歌跳舞；但是發病時就很嚇人，臉部扭曲猙獰，說著污言穢語以及駭人的話，但這時護理師們都是打一針鎮定劑下去，讓他沉沉睡去。

現在這沙啞的聲音跟說話方式，就是發作了。

「太久沒被束縛，懷念拘束衣了嗎？」籠裡男人站起，黑色的前髮總是會遮去他的眼睛。

「再晚就來不及喔，那是山！不是誰都可以輕易掌控的！」病患咯咯笑個不停，「你啊，只怕連路都會走錯，找不到她的！」

一籠之隔，黑髮男子看著在籠外齜牙裂嘴的患者，患者翻著白眼，一點兒黑色瞳仁都沒有，正獰笑著抽搐。

「看看你現在的樣子，安分守己的過不好嗎？你最近出來得有點頻繁啊。」黑髮男子上前一步，湊近了他，眼尾瞄著不遠處的護理師們，他們已經察覺到異樣了。

「我是好心提醒你，不要以爲那些鬼啊妖啊能保護她永遠！」患者嘶了聲，「山裡有多少鬼魅你根本不知道，你沒見識過山裡的百鬼夜行！」

黑髮男子表情平靜的凝視他，舉起左手，輕輕彈指。

護理師見狀，即刻走了過來，還有兩名男性護理師準備架住他。

「你這輩子都離不開這具軀體的，好好當個人，對你沒有壞處的。」黑髮男子幽幽的說，「少在那邊用言語蠱惑人，你說的話，沒人會信。」

「又發作了嗎？」男護理師走到患者身後，突地一把架住。

患者果然一被架住，就開始發狂地扭動身子，「啊啊啊——放開我！」

另一名護理師熟練上前扣住他另一邊，等待已久的一名女性護理師持著鎮定劑，俐落的注射。

「你們囂張不了多久的！這個肉體會死……等他死……了……」患者話說不完，已經癱軟身子，聲音漸漸模糊，終至睡去。

「把他抬回去吧！隨時留意，過分時上拘束衣都沒關係，他是一級危險的患者。」闕擎從容走出籠子，「不要忘記，他說的話——」

「都不能信。」護理師們異口同聲。

他們都知道，有好幾個患者平時親切可人，但發病時非常可怕，之前聽說有好幾個醫護都曾被傷害過，所以他們格外注意；而照料一級患者的醫護，院內平均一年就會換一次，確保醫病之間不會建立過分熟稔的關係。

闕擎將兔籠關上，年長的護理長上前與他低語，說了些院內特殊患者的狀況，他點點頭，贊同的都不多語，有意見的才交代下去。

「下個月政府會派人來稽查，已經發通知了。」

「嗯，就讓他們查，沒關係，我們院內可是收容了許多政府都無能爲力的患者。」闕擎冷冷一笑，「但我要這次來稽查的人員名單。」

話音剛落，護理長就已經遞上了文件。闕擎望著那份文件夾，非常滿意的接過，這個護理長在這裡二十餘年，是他非常信任的對象。

「最近……嗯。」他們走到主建物處，踩著階梯上去，「那個吵人的女生有再來嗎？」

護理長瞳孔微震，但表面風平浪靜，「沒有，已經好一陣子沒看見她了，也沒有任何電話。」

「好，很好。」闕擎應著，這時護理師們正抬著睡去的患者進入，他們便閃到一邊。

走進主建物，醫護們見到他還是會頷首打招呼，無害的患者們正在自由活動，他確定一切無事後逕自走向廊底的電梯，站在白牆前，刷卡、指紋、再加密碼，白牆嵌的暗門自動開啓，他走了專屬電梯，按下了7樓鍵。

電梯裡當然只有他一個人，他微微握拳，最終拳頭越握越緊。

「混帳！」他暗暗低咒，還是被影響了！

爲什麼提到山？爲什麼提到百鬼夜行？那傢伙絕不是隨便說說，但是不能把他的話當眞不是嗎？闕擎感到胸悶，盯著石英數字開始不耐，終於抵達七樓，他即刻衝出電梯，直抵房間。

在房裡搜尋著許久沒用的手機，果然電量已耗盡，他插上電後，雙手抱胸的站在一旁，腳不停的點著地，等著如一年般漫長的一分鐘後，即刻開機——一封訊息？

他看著訊息上顯示的未讀1，心裡有點怪，照常理說，這麼久沒聯絡，那傢伙應該會傳一百多封的訊息過來才對。

「妳該不會眞的不爽吧？厲心棠？問題出在妳啊，妳被小孩子蒙蔽，是我補的洞啊！」他沒來由的不爽，猶豫著要不要點開那封訊息，「說不定是促銷訊息，我介意什麼，她不傳來最好，我是一點都不想跟她、或是『百鬼夜行』扯上關係。」

像這樣一個人在這裡生活多安穩，跟兔子、狗兒、鳥兒相處，都比跟人在一起自在多了是吧。

放下。他這麼告訴自己，把手機放到了桌上，深深深呼吸一口氣，旋過了身子。

「對，關我什麼事，那傢伙就是爲了要讓我以爲他在講厲心棠，登山？她莫名其妙怎麼可能去登山，那群鬼怪也不可能——啊！」闕擎咬牙在房內低吼一聲，啪的衝回桌邊一把抄起手機，點開訊息！

只有五秒鐘，闕擎即刻轉身抓過門邊的外套，抓過鑰匙，再度衝進了電梯裡——她眞的去登山了？

「便利商店員工旅遊，所以我來登山了，但我覺得有點怪怪的。」

好不容易抵達了第一休息站，橘色的帳篷仍在原地，甚至還有野餐墊、野餐椅，未吃畢的吐司跟涼透的咖啡，跟大家一樣沉重的背包還在帳蓬內，但是卻沒有老闆的身影。

「吳先生？」亮亮的聲音自遠方傳來。

亮亮跟厲心棠是第一個到達的，原本老闆準備好的布條並沒有掛上時，亮亮就覺得不對勁，讓厲心棠待在原地後，他便去附近搜索，卻完全不見老闆身影，眼看著最後頭的成娟都已經氣喘吁吁的抵達了，依舊找不到人。

「累死了！呼！」佳臻扔下背包，上氣不接下氣，「我的天哪！我們走了四小時！」

店長他們早就知道狀況，爲了不引起恐慌，只是讓大家原地休息。

這裡是個挺不錯的空地，在山林之間有一大片地方可供搭篷，沒意外的話晚上應該是在這裡露營，但亮亮不在，店長也不好發號施令。

「先休息吧，補充水分跟食物，適量喔！」店長交代著。

其他人早就已經抵達休息了一會兒，老胡走向花哥，花哥拍拍身邊的地，剛爲他留了塊地。

「怎麼了？」老胡蹲下身，背包都沒卸下就問，「出事了？」

花哥用眼神暗示，「老闆不見了。」

老胡謹愼的環顧四周，緩緩取下背包，但有隻手仍舊握著背帶，現在天還亮著，只是天色看起來不是很好，除了他們這裡外，附近一片靜寂，林子深處什麼都看不見，但他總有種被窺視感。

沐云挨在厲心棠身邊，她也是運動型的，體力不差，早早已經抵達，面對這景況有些不知所措。

「不會搞什麼獵殺團建遊戲吧？」小剛搔搔頭，「在山裡玩這個可不好玩！」

「你電影看太多了啦。」小莘忍不住吐嘈，這個地方都長得一樣，沒走兩圈就迷路了，還漆彈獵殺咧，「不說別的，你覺得老闆跑得動嗎？」

「問題是他跑不動我也不敢打他啊！」小剛這話說得實在。

亮亮不一會兒從山林裡步出，眉宇間帶著憂心，不過表面還是維持笑容，

「都到了嗎？好好休息，基本上我們今晚就在這裡紮營喔！」

「就這裡嗎？」成娟環顧四周，其實一臉嫌惡，「好荒涼喔！」

「這裡可沒飯店喔！這一片營區是相對安全的地方，又平坦，附近也沒有什麼動物。」亮亮開始趨前指導，「我先教你們搭帳篷啊，來……我分配一下位子。」

「位子還要分配喔？」小剛有點不滿，「老闆指定我們的位子嗎？」

亮亮略顯尷尬的笑了笑，從口袋拿出一張紙，看來是了。

連帳篷的位子都要安排，老闆葫蘆裡賣的什麼藥啊？說到這兒時，成娟跟佳臻終於發現到他們的老闆不在了！

「咦？老闆呢？不是說在這裡等我們要玩什麼遊戲？」成娟原地轉了一圈，照老闆的個性，應該早就出來發表高論了吧？

「畢竟一人在這兒等的煩，我想他可能去附近繞繞了，我有跟他約時間的。」亮亮開始指定位子，「來，呃，小莘跟……沐云，妳們在我旁邊這裡紮營，小剛跟店長呢……」

位子安排完畢，雖說有十人，但是男女各五，終究會有人落單，老闆刻意要讓不同班的同事相處，所以打散了平時輪班的順序……店長看著小剛有點無言，老闆定這個毫無意義，因爲班是不會變的啊。

但他不公然說破，決意等到大家搭好帳篷後，再自己換位子就好了。

「這些我會，我可以教大家。」

在亮亮跑過來要幫厲心棠搭篷時，她突然抓住亮亮的手。

「咦？」亮亮驚訝的看向她。

「山裡暗得很快。」她使著眼色，「你要不要先去叫老闆回來？」

「可是……」亮亮不安的看著眾人，他身爲嚮導應該要……

「沒事，我們可以的，絕對不亂走，就待在這裡。」小剛突然冒了出來，

「我之前也露營過，搭篷這些是小事。」

厲心棠感激的看向小剛，臉上的微笑都快讓小剛融化了。

「好，那這個交給妳。」亮亮把身上的無線電給她，「只要我在附近，妳就試著呼叫看看。」

小剛伸手接過，厲心棠也沒搶，朝亮亮點點頭。

「各位，帳篷有問題可以問棠棠跟小剛，互幫互助，我現在要去接你們的老闆，期待一下吧！」亮亮中氣十足，活力的說道。

正在打開帳篷包的眾人反應平淡，其實沒有很期待啦。

看著亮亮轉身遠去，老胡說不上來的不安，「我眞想回家。」

「現在下山也來不及了，怕還沒走下去天就黑了。」花哥說得稀鬆平常，

「現在就很像是頭洗一半，你非得洗完不可。」

老胡點點頭，突然看向他，「你不要離我太遠。」

花哥幾分錯愕，這是什麼詭異的用句，不過看著老胡那一臉嚴肅，他倒也沒有多問的點點頭，接著開始處理帳篷。

厲心棠跟小剛分別教大家怎麼搭建，店長也有經驗學得很快，妙的是花哥也會還格外熟練，一夥人就在原地搭起帳篷，小剛調節氣氛的開始跟大家說笑，女孩子們就算笨手笨腳，還是想要試著搭起自己的帳篷，氣氛漸漸緩了許多。

而遠去的亮亮，就很難笑得出來了。

「什麼東西……」他扣著斜出來的樹幹，使勁爬上，拿過了勾在樹枝上的碎布，這布的顏色與老闆身上穿的衣服一樣，「爲什麼你會走到這裡來？」

他現在踩著的地方非常難行，這是得拿著繩索、套著樹幹才能勉強上來之處，那肥胖臃腫的男人是怎麼走來的？而且是跟他對接過多次，他不是具有冒險精神的人啊！

「老闆！吳先生！」他再喊了一次，鬆手躍下，試著從旁邊較好走的路上去。沒走多遠就在泥土地裡看見只剩半截的領巾，這也是老闆的，他益發感到不妙，那男人隨處走走，該不會走錯地方迷了路吧？

他回頭仔細看路，做了記號，這裡離營地越來越遠，他已經朝高處走去了，等等還得計算時間跟體力，避免自己走得太遠；雖然吳先生萬一迷路安全堪憂，但營地裡還有八個人，他可不能放下他們。

拿起哨子，他開始吹響，這有交代過老闆，哨子不離身，喊不出口時務必吹哨子回應。

嗶——嗶——他吹響著，同時離開了樹林，來到了這一區塊的高處。

啊……他眺望著遠方，綠樹成蔭，山峰層疊，這山裡的美景真的是令人陶醉，這兒還不是最高處就這麼美了，這便是山的魅力，一旦往海拔高處走，那美景是無法想像的。

嗶——破音的哨聲突然傳來，亮亮倏地看向哨音方向！

「吳先生！」他驚愕的喊著，一邊吹響哨子。

腳步穩健但飛快的朝著哨音的方向去，他每吹一聲，總要等待一會兒才會有回應，但至少聲音是清晰的，應該就是吳先生！

呼呼……他停下腳步，再吹了一聲，嗶——

爲什麼？聲音如此的近，卻一直跟不上？環顧四周，沒什麼能藏人的山洞，但是這哨音卻無論如何都追不到？

按照方向，聲音應該要越來越近，何以越來越遠了？

而且從五分鐘前開始，他吹的哨音就再也沒有回應了。

「吳先生？吳先生！」亮亮再次大喊著，他都走了快半小時，應該要有點回應了吧？

吳先生近在咫尺了吧？

山裡沒有任何回應，亮亮不安的再往上走，這裡的路陡峭到他非常懷疑老闆自己能走上，但他更怕……哨音的回應，似乎來自於下方，吳先生……摔下去了嗎？

「啊！」亮亮想到了什麼，趕緊拿出無線電。

如果距離夠近，或許他可以呼叫到吳先生，只希望他有把無線電好好帶在身上，可別像其他東西般掉一路了吧！

「吳先生，聽得見嗎？我是亮亮！」亮亮重複著，「我是亮亮，請按下最大的按鈕後回覆我！」

「沙……沙沙沙……」無線電終於傳來了聲音，「我……我……」

「喂，吳先生！吳先生？你不急，按著我昨天教你的大按鈕，壓著不要放，說話！」亮亮緊張的喊著，其實他比誰都急啊！

一陣強風颳起，他看向天空，雲層這麼厚，只怕山裡要變天了！

「救……救我……」哭泣的聲音終於從無線電傳來，亮亮整個倒抽一口氣。

「吳先生！你別慌，你告訴我你是怎麼了？現在在哪裡？旁邊有些什麼？」

亮亮緊扣著無線電，等待著回應的同時，前方不遠處突然聽見有人大喊。

「喂！這裡！」

喝！亮亮立即抬首，看見遠方有個人朝他招手，並且指向了更前方！

「大哥！你有看到人嗎？」

「前面！」那人大喊著，「有人掉下去，卡在坡上動不了！是不是你認識的？」

「有點胖的中年男人是不是？應該穿著紅色的背心！」亮亮趕緊奔上去。

「對！挺胖的！我看他是滑下去，那邊剛好有個地方卡著他，但要拉上來不是這麼容易！」好心人領著亮亮一路往前，跟著朝左往崖邊靠，「就那邊！」

亮亮焦心的來到崖邊，山上真的很美，但每一步都很危險，這裡明明多是長草，但不小心多跨一步就會摔下去了！他趴在崖邊向下看，果然立即看到熟悉的紅色背心與肥壯身軀。

「吳先生！」亮亮朝下大喊。

老闆卡在縫裡，他的身軀如果再往下翻，就會摔下去了！亮亮計算著距離，看起來僅有一層樓高，如果他垂降下去綁住吳先生，或許可以兩個都救上來。

「大哥，你幫我一下！」亮亮脫下背包，開始拿出繩索，「我下去拉他，你在上頭拉我一把。」

「好！」一旁的大哥也趕緊幫忙，將繩索綁在樹幹上。

亮亮熟練的將另一頭繩索綁在自己身上，確定繩子穩定後，開始垂降下去，吳先生完全沒有回應，他眞的很怕他出事……如果昏迷的話，就必須趕緊送醫，那些員工他得再找人過來支援了。

手離開崖邊時，亮亮赫見角落插了三根樹枝！他皺起眉匆匆一瞥，那插法眞像插香，左右各一斜插，中間再一隻，看起來眞不太舒服。

好不吉利啊！他突然渾身發冷，腳蹬著岩壁往下，雞皮疙瘩都竄起來了，只想快點把吳先生救上去，離開這個地方！

「吳先生！」亮亮快到老闆身邊了，趕緊喚著。

空氣中飄來一絲異樣的味道，這又讓亮亮心中一凜……為什麼會有股臭味？怎麼處處見不祥啊？

終於來到老闆身邊，亮亮腳抵著凸出的一小塊石穩住，想先察看老闆的狀況。

此時，繩子陡然再往下幾寸，亮亮腳差點滑掉。

「欸！喂！大哥，不要再放繩了！」亮亮連忙往上喊著，「我已經到了！」

他抬頭向後，崖邊冒出一個人看著……嗯？亮亮仰著頭看著那帽兜遮去臉的大哥，他剛剛爲什麼沒注意到，那個大哥穿著……黃色雨衣？

眞的登山者誰會穿黃色雨衣啊！他剛剛完全沒有注意到啊！

心頭眞的涼了半截，換言之，他剛剛跟著黃色雨衣陌生大哥來到這裡？亮亮戰戰兢兢的瞄向右前方低垂著頭的老闆，老實說，仔細一看，這個吳先生好像比他印象中瘦了一點……很多。

身上的衣服已經很舊了，羽絨背心都已經破損，這個牌子，更是多數登山者會買的牌子……

喀，老闆的頭動了一下，肩膀跟著顫抖，亮亮卻只想把腳挪開。

他得上去，他應該要上去，這個人不是剛剛待在這裡，他待在這裡很久很久了——因爲他布鞋裡的腳，沒有肉啊！

『等……』紅背心男人遲緩的抬起頭，『我等你……好……久……』

不不不！亮亮使勁抓住繩子，直接飛快往上爬，太誇張，他登山這麼多年，從沒有遇過這種事！

使勁一踩岩壁意圖蹬上，下一秒纏著他的繩子卻陡然一鬆。

咦？

唰——

動物的叫聲此起彼落，偶有奔跑的蹄聲，嚇得小莘哆嗦起身子。

「不怕不怕！」店長安慰著大家，「聲音有點遠的，而且我們有升火啊！」

久等不到亮亮回來，天色卻暗得極快，氣溫也驟降，甚至開始刮起了風，待帳篷搭建好後，小剛提議升火取暖、同時可以驅趕野獸，也能熱些東西吃。

大家分工合作，女孩撿樹枝、男生升火，意外地花哥非常擅長升火，一下子就築成一個火堆，大家圍繞著火堆，喝點熱水，吃些麵包裹腹，原本聊得很開心的眾人，也隨著時間推移，越來越不安。

「找這麼久……正常嗎？」沐云幽幽的說，「天都黑成這樣了，亮亮要怎麼帶老闆回來？」

沐云的話像顆石子，在恐懼的湖中激起漣漪。

「我倒是覺得，老闆的個性根本不可能自己跑這麼遠吧？」佳臻皺起眉，「他應該早就在這邊，準備要讓我們玩什麼遊戲吧？」

她會這麼說，是因爲大家後來在老闆的帳篷外，找到了折疊好的橫幅，打開來上頭寫著：立強店員工旅遊紀念。

甚至連繩索都拉好了，高處兩棵樹之間有條細繩，就是準備掛上這個橫幅的，店長後來把它掛上去，按照高度計算，應該在他們靠近營地前大概十分鐘的地方，一轉彎就能望見這布條。

所以在他們抵達前，老闆就該掛上，沒有掛……是出了什麼事嗎？

「可能想去附近走走，結果迷路了？」店長還是希望大家放心，「總之，至少有嚮導去找人，我們先顧好自己就好。」

這麼多人，他有責任顧全所有人，否則只要一亂，他根本無能爲力。

老胡凝視著跳躍的火光，縮著身子，強烈的不安籠罩，他現在只有一個想法：下山。

「明天一早，如果亮亮跟老闆沒有回來的話，我們就下山吧。」火堆對面的厲心棠突然開口，老胡登時抬首。

「離開嗎？」成娟其實是千百萬個贊成的。

「不好，萬一他回來看不見我們……」小剛有點憂心。

「拔營他們會知道的，留個訊息在老闆帳篷裡，寫在橫幅上也行，多留一些地方就是。」厲心棠歪頭看向小剛，「萬一他們五天都不回來呢？你要等五天嗎？」

「五天……」小剛錯愕得梗住，「五天就是出事了吧……」

其實現在可能也已經出事了吧？許多人心裡都浮現同樣的問題，只是沒人敢說。老胡感激的看向厲心棠，有人跟他想法一樣，眞是太好了。

「那就跟今天一樣的出發時間，下午就能回到山下了！」店長沒有遲疑，

「這種事我就不投票了，想留的留，想走的人走——我要走。」

他舉起手，毫不猶豫。

厲心棠即刻跟上，接著是老胡、花哥、佳臻、成娟、小莘……最後連遲疑的小剛也都默默舉起了手。

「等到了通訊好的地方，就幫他們報警求援。」小莘平淡的說著，彷彿已經認定了亮亮與老闆出事了。

於是又是一片靜默，風越颳越大，厲心棠搓著手，朝帳篷裡瞥去。

「我想進去休息了好嗎？」

「好好，我也想進去了！」有人起了頭，成娟趕緊朝身後的帳篷鑽，拉住佳臻，「不必按照規定吧？」

「誰鳥他什麼規定！」花哥冷笑一聲，但他還不急進帳篷，「我先守第一輪吧，等等誰跟我替。」

咦？此話一出，大家才想到要有人守夜啊！

「那我！」厲心棠率先舉手，「我就輪大夜的時間，我習慣了！」

「妳怎麼習慣？平常大夜前妳都是在睡覺，今天白天是登山，體力不同！」小剛直接推翻，「花哥，我跟你輪！」

厲心棠略皺眉，小剛幹嘛幫她決定啊？

女孩子們一點兒都不想搶，成娟拉著佳臻，沐云拉小莘，紛紛鑽進了帳篷內。

「一人四小時吧，誰都別太累，花哥第一輪、然後小剛，再來我。」店長再次分配時間，「老胡就預備著。」

老胡點點頭，時近天亮的話，他比較不怕。

小剛轉頭朝厲心棠露出笑顏，想要邀讚美似的，結果卻得到厲心棠冷臉以對，她不喜歡幫她做主的傢伙，自以爲是！

「棠棠，妳一個人耶！」沐云從帳篷裡探出頭，「要不要過來跟我們擠？」

厲心棠連忙搖頭，「不必喔，我就是習慣一個人。」

哇塞，棠棠眞的不怕啊！膽子好大，眞不愧是值大夜班的人。

老胡進帳篷前，特意輕拍了花哥一下，把身上的護身符摘一個塞在他手裡。

「這什麼？」

「戴著就是。」老胡聲音很輕，「不管聽到什麼，都不要離開火堆。」

花哥挑了眉，瞧老胡這嚴肅的神情，今天一整天這傢伙都神經緊繃，搞得他也有點……他點頭，不想讓老胡太多擔憂。

戴就戴，山裡本來就要懷抱敬重之心。

八點，每個帳篷裡都窩了人，花哥挑了個背風處坐在火堆旁，也沒看手機，就是聽著音樂，順便眼觀四面；沒有一帳眞的入睡，都可以從手機藍光看見誰睡沒，倒是厲心棠的帳內漆黑一片，好像是眞的睡了，心眞大啊那女生！

體力好、動作敏捷、懂得又多，今天不但幫忙搭帳篷、火堆或撿什麼樣的樹枝都很熟稔，她應該受過野地訓練。

「唉……」躺在裡頭的厲心棠甚至未打開睡袋，她看著外頭的橘光閃跳，外面實在好安靜，除了火堆的劈啪聲外，就是動物的叫聲。

平常她不會這麼在意的，但兩個大人沒有回來，怎麼樣都不對勁，她只希望是老闆迷了路、而亮亮已經找到了他，只是因爲天暗下來，暫時走不回來罷了，就近先待一晚；亮亮的背包沒有離身，他身上也有帳篷，沒有問題的。

總不會一開始就出事吧，他們明明什麼都沒冒犯到，也沒遇到什麼人……啊，厲心棠想起了那聲「借過」，難道他們一開始就被跟上了？

店裡從未有山裡的鬼去喝酒，因爲山裡的人是出不來的，一天沒有尋獲屍體，就永遠出不來。

刹——足音踩上落葉的聲音異常明顯，劈啪聲直接傳來，厲心棠當即彈坐而起。

火堆旁的花哥抓起一根燃著火的樹枝，謹愼的看向聲音來源，一個黑影隱約的從上方走下，人影從厲心棠的帳外走過，她已準備拉開帳篷後方拉鍊，呈伏姿準備隨時跑走。

「嘿！」來人還沒走到火堆就出聲了，「哇，冷靜！冷靜！」

花哥拿著火把直接指向他，火光照耀下，是個顴骨很高、相當削瘦的年輕人。

一時間帳篷拉鍊唰唰唰地齊開，大家紛紛都探出頭來，店長更是直接走出，也是防備狀態。

「你是誰？」花哥的火把從上掃到下，他穿著天藍色的外套，一樣揹著厚重的背包。

「對不起嚇到你們了！」男孩冷靜的說著，「我叫阿翰，是接替亮亮的嚮導。」

「接……接替？」小剛可愣住了，「他出什麼事了嗎？」

「不是他出事，是一個……吳先生？」阿翰認眞解釋，「總之有個吳先生因為迷路所以摔下去了，雙腿骨折，亮亮先帶著他下山就醫了，但他說有一票人在這裡不能沒人帶，緊急臨時委託我過來！」

「咦？老闆嗎？」沐云驚呼出聲，「骨折了？」

「怎麼沒有回來或告訴我們一聲……啊！」小剛喊到一半才想到手機根本沒訊號。

「直接叫直昇機吊掛走了，當然是就近找高處平坦的地方啊！」阿翰笑了笑，「你們沒聽見直昇機的聲音嗎？」

「有是有……但不知道是因爲老闆。」小剛喃喃說著，下午聽過好幾次，但以爲就是正常巡邏，「老闆還好嗎？」

「骨折了都不太好，不過放心，已經救下山不會有事的。」阿翰謹愼的準備脫下背包，「所以我可以坐下來休息了嗎？」

他指著近在咫尺的火把，花哥再拿久一點他臉就要熟了。

花哥還是沒放下戒心，只退後一步，「所以他怎麼聯繫你的？能聯繫你爲什麼無法聯繫我們？」

「我們是通過救難隊的人聯繫上的，我們都有專屬頻道，我今天爬的是另一條路線，因爲有帶隊經驗，所以才被叫過來支援。」阿翰坐了下來，伸長手烤火，「你們看我收到消息走過來，也花了我五個小時啊！」

「謝謝喔……」成娟微微笑著，這個阿翰看起來還挺帥的。

「沒事！反正我也是當休閒。」他笑看著成娟，「妳是？」

「我叫成娟。」成娟攏了攏頭髮，突然變得文靜的自我介紹。

沐云忍不住一個白眼，看到帥哥就裝乖了，眞受不了，「那明天下山時，要幫老闆拔營嗎？」

「下山？」阿翰一愣，「沒有喔，我收到的指令是，要帶你們爬完全程耶！」

全程？

第四章 一波三折

「我們不需要爬全程，明早就下山。」

厲心棠堅定的上前，用不容反駁的語氣說道，這讓眾人有點懵，沒想到這關頭棠棠會這麼堅定。

「對！對棠棠說得對，我們剛剛本來就商量明早下山，現在既然老闆受了傷，這個團建就不那麼重要了。」店長連忙應和，「就麻煩您明天帶我們下山吧。」

「啊？」阿翰有點困惑，「這跟我接到的有點不同耶。」

「沒關係啊，是我們要求的，你是嚮導嘛，跟著我們的要求做沒錯的。」成娟這時倒是力求表現了，「有問題就說是我們講的！」

阿翰沒有遲疑，點了點頭，「那好吧！我們明早七點出發，行嗎？」

終於！小剛鬆了口氣，明天就能下山，回到溫暖的家裡了。

「所以老闆眞的沒事嗎？」店長還是擔心這個。

「沒事沒事！」阿翰背包裡拿出罐頭，動作俐落得很，「我守夜吧，我還沒吃飯，你們先去睡。」

花哥遲疑，現在應該是輪到他守夜，老胡拉了拉他，暗示的點點頭，現在既然有人，就先休息吧。

成娟倒是沒有睡意，主動跑過去跟阿翰攀談起來，厲心棠進入帳篷中，老闆受傷的事挺令她不安的。

「是喔，你才二十一！登山幾年了？」

「我有五年以上的登山齡了喔，我很愛登山的。」

「常來這裡嗎？這座山很難爬的！」

「也不會多難，我也是從你們這條登山路徑開始的啊！慢慢的練習，終究能越爬越高的。」

沐云跟小莘對看一眼，兩人默默拿起了耳塞，吵死了。

「那你今天本來是要爬哪段啊？」

「我喔，是要爬C段的，從這裡上去，預計來回五天……」阿翰似乎是攤開了地圖，在跟成娟窸窸窣窣。

厲心棠轉著手指上蕾絲戒，即使有叔叔給的戒指，她還是一直覺得難受，心臟跳得好快，老覺得有什麼事要發生……在山林裡睡覺也不見得多愜意，一直都有蟲鳴或是動物聲，而且……嗯？

她睜眼緩緩撐起身子……火堆劈啪聲依舊，阿翰跟成娟的說話聲也沒斷過，但是什麼時候開始，沒有蟲鳴聲了？

噠！帳篷頂突然落下了什麼，她抬起頭時，嘩啦的雨滴從天而降落！

「哇！」大雨滂沱，厲心棠趕緊躺下去，就見帳篷頂越來越低、越來越低！

「啊！雨好大，我的帳篷──」不只是雨，連強風都開始颳，吹得帳篷都快解體了！

「大家撤！撤離！」阿翰吹起哨子，「背包揹上，走！快走！」

所有人才剛睡下沒多久，就遇到氣候驟變，人說山裡的天氣多變還真不是假的，但風大到快把帳篷吹走真是太可怕了！大家背包揹好就趕緊出來，外套都是防水的還能撐一會兒，厲心棠一出來就發現雨大到誇張，火堆早就熄了，帳篷也垮了。

厲心棠沒有遲疑，她即刻拔營，卸下營柱，將她的單人帳疾速捲起，塞到背包外掛的一個束口袋內，先隨便塞再說！

「沐云妳快點！」小莘在外喊著，一邊拉起帳篷把水抖掉。

「等我一下！」沐云慌張的喊，因爲她把背包裡的一堆東西拿出來，這會兒正努力塞進去。

男生們速度都很快，花哥雨帽一拉，看著大家還在亂，再順手把帳篷拆了。

「帶著？」老胡錯愕，「我這裡還有一頂啊！」

「能多帶一頂是一頂！」他邊說，邊把帳篷胡亂拆開，營柱扔給老胡收，自個兒從口袋掏出個塑膠袋，胡亂的把帳篷給塞進去。

「往上走！打開手電筒！」阿翰已開頭燈，「路是斜的會滑，走路一定要小心！」

老胡回神時，才發現他們的營地已經開始積水，果然低處雖然擋風，但一遇到下雨就麻煩了！成娟跟佳臻兩個公主動作反而比沐云快，她們也緊趕著往上走，店長與小剛在最前面的斜路上，幫忙拉著女孩們上去，避免太滑而落下。

厲心棠跑去老闆的帳篷裡檢查一遍後，抓了可以帶走的東西才離開，小剛瞧見她連忙伸手，開心的將她拉上去。

「這邊！」終於等到沐云她們都集合後，阿翰走到最前方，領著大家在狂風驟雨間前行。

殿後的小剛回頭看著他們的營區，帳篷竟然已經被吹走好幾頂，水都淹上來了！他抹抹臉上的水，這種雨未免太可怕了！

「好冷！」佳臻直打哆嗦。

雨迎面打來，臉都被打疼，一邊抹水一邊還要注意腳下的路，這山路一點都不好走，沒有階梯沒有好的路徑，有的只是泥濘加雜草，每一步都要格外小心。

「這裡有山洞！」阿翰的燈終於停下，「都進去！快點……伏低身體。」

「不必檢查嗎？」厲心棠遲疑的問。

「檢查什麼啦！」成娟冷的要命，推開厲心棠就往裡頭鑽。

不是，萬一有動物呢？厲心棠的憂心還沒說出，阿翰朝她搖搖手，「沒事的！這是我們都知道的山洞。」

避難所之一嗎？厲心棠這才稍稍放心，她跟著彎身進去，因爲洞口處眞的較低，幸好幾十公分後，洞頂就略高了些，但大家還是都得彎著腰走。

一陣兵荒馬亂後，終於還是平靜了下來。

「還好嗎？都還好嗎？」阿翰入洞，一一檢查著大家的狀況。

每個人渾身濕漉漉的，又冷又濕，但還是勉強的點了點頭，外頭暴雨傾盆，跟颱風天一樣。

「今晚可能只能在這裡休息了！這種雨不能出去。」阿翰嘆口氣，「都有帶雨衣吧？防水的衣服也禁不起這樣淋，身體絕對不能失溫。」

洞穴裡面積夠大，也算乾爽，但就是有股味道，只是這種狀況也沒什麼好去計較；沐云在角落發現一堆喝過的能量飲料，還有一堆糖果餅乾的包裝紙，果然是登山者都知道的洞穴。

厲心棠自己窩在一個角落，小剛果然又湊過來，她沒有排斥，對她而言，大家都是同事。

「這麼冷，也不能升火……」小剛喃喃的說，「現在眞的太冷了。」

「把外套脫下，加點衣服。」阿翰指示著，「別失溫，有衣服的都拿出來加。」

花哥抽空重新整理帳篷，眾人對他還有時間拆帳感到驚奇；其實厲心棠也拆了，她沒急著整理，只是把帳篷先披開在角落等乾些，晚點收。

厲心棠只是選擇把濕外套取下，這個溫度她沒問題，他們一定沒去過雪女房間，那才叫「凍寒徹骨」。

小剛幫忙她想接過外套，厲心棠沒留意的已經自行脫下披在背包上待乾。

「我們來玩眞心話大冒險好了。」突然間，佳臻提議。

「咦？」成娟跟著起鬨，「這個好這個好！」

她說著時，一邊瞄向了小剛！他的心思全部的人都懂，這可是同事愛的支援啊！

「先說，不能逼迫做太超過的動作，也不能外出。」花哥突然開口，「好玩就好，別過分。」

「不會啦！」佳臻開始找著附近的東西，「要怎麼決定誰呢？」

「水瓶就好了吧！」店長拿出自己的礦泉水瓶。

大家都懶得移動，門口佳臻與阿翰對坐，佳臻旁邊是成娟、小莘，店長與洞尾的沐云；而阿翰這邊隔壁則是花哥、老胡、小剛與厲心棠，大家都算分散，不必刻意挪位子，就由成娟轉瓶子，瓶口向誰大家就能對他提問。

非常刻意的，大家盡量的往小剛那邊轉，但好像總是差了那麼一點。

「喔喔，棠棠！」瓶子總算指向了厲心棠，小莘趕緊問，「妳有男朋友嗎？」

「沒有啦！這大家都知道，不算不算！」沐云連忙打岔，「妳現在有喜歡的人嗎？」

嗯？黑髮男子的容顏突然閃現在她腦海裡，厲心棠一怔，有幾分緊張。

「眞心話或是大冒險？」

「眞心話，沒……有。」她回答得很遲疑，笑得很勉強，但隔壁的小剛卻沒有感覺到。

「喔喔喔玻！」大家開心的喊著，厲心棠再轉動了一次瓶子，瓶子轉呀轉的，這次移動到了洞口的阿翰……

然後再往右平移的，轉向了花哥。

厲心棠看著瓶子不由得皺起眉，剛剛那瓶子是停下再……移動嗎？但似乎無人注意到這點？總之在第四輪時，終於瓶口再度朝向小剛。

「喔喔，我來！」成娟第一個舉手，「你喜歡棠棠嗎？」

哇塞！全洞穴一片歡呼，這問得實在太直接了！厲心棠圓睜雙眼，眨呀眨的看向小剛。

「別俗辣喔，小剛！這時候少選什麼大冒險！」

「小剛小剛小剛——」

小剛面紅耳赤，他連轉頭都不敢，幾次想要告白的心讓他徹夜未眠，結果現在這個好機會，他、他卻說不出了！

「大冒險！」他吼了出來。

「太俗辣了啦！」佳臻開噓了，「沒用！」

「不會啊！」小莘直接殺手鐧，「那你的大冒險，就是跟棠棠告白！」

咦？小剛驚愕的抬頭，這是哪門子大冒險！這不是伸頭縮頭都一刀嗎？他全身僵硬的扭頭看向厲心棠，她卻一派自然。

「沒關係，就大冒險嘛，我懂。」她還拍拍他，「你就說好了，我不在意。」

妳應該要在意的吧？小剛眼神閃過失望，她怎麼能這麼泰然？

「我……我喜歡妳……」這聲如蚊蚋，一秒內就被大家的歡呼聲蓋掉了。

問題是，厲心棠也跟著鼓掌輕笑，她絲毫沒當這一回事。

小剛的心沉了下去，這其實代表厲心棠好像……完全對他沒意思？

再轉動了瓶子，瓶子在恍惚間停到了老胡面前。

老胡一晚上都非常沉默，這會兒他正縮在花哥身邊，白著一張臉。

「老胡啊，你還好吧？」店長有點擔心，「你今天特別沉默。」

「嗯。」老胡敷衍的回著，「問吧！」

「你——」小莘才想說話，他身邊的花哥卻出聲，「我問吧，你現在最害怕什麼?」

這什麼問題啊?大家交換眼神,小莘本來想問他情史的,問害怕什麼一點兒都不有趣。

「眞心話還是大冒險?」

老胡縮著雙腳抱著腿,緩緩的往左看去,他看向洞穴的底部牆壁,「眞心話,我害怕洞裡的東西。」

咦?這話讓在洞底兩旁的厲心棠跟沐云都嚇了一跳,她們兩個正面對面坐著,旁邊就是岩壁了啊!

「喂,別鬧喔,說什麼!」成娟不高興的打斷。

「牆壁上,寫了東西。」老胡低下頭,不敢再看,「角落裡很黑,我幾乎都要看不見棠棠了……」

她?厲心棠冷靜的深呼吸,敢情老胡是看得見的嗎?對面的沐云已經唉呀呀的往店長旁邊躲,她倒是打開手電筒,仔細看著這洞穴壁上有些什麼……

「啊!」最最靠洞口的佳臻看出來了,「有寫字。」

那該是用石頭寫的,尖銳的石板在岩壁上刻寫上文字,一個大大的:

「死。」

「好不吉利喔!」店長趕緊尋找洞裡的石頭,握在手中就要走到底部去劃掉。

「不要碰它！」

一陣怒吼讓店長愣了住，回頭看居然是花哥。

「別嚇人啊你！」

「那東西好好的你就放著，沒必要莫名其妙去破壞它。」花哥嚴肅的說著，「不做死就不會死。」

「說什麼啊喂！」小莘不滿的嚷著，「不要一直講那個字！」

店長看著洞底的岩壁，最後他沒有去劃掉原本的字，但看了眞的很不舒服，他將石子往地上扔去，回到自己位子上。

而厲心棠正在角落裡搜尋，手電筒拿著照明，她想知道這裡一片黑的原因是……「欸？這什麼？」

就在她把自己背包往旁挪移幾公分後，在洞裡的死角垃圾堆中，有著三支筷子。

像三炷香一樣，插在這洞裡的土裡。

小剛爬過來看，第一眼就打了個寒顫，「這東西這樣插好晦氣喔！」

「什麼？」看不見的人也擠不過來。

「就三支筷子插在地上，很像……」小剛沒說完，但大家都明白。

「哎唷！眞不舒服。」佳臻低喃，搓了搓手臂。

「抽掉嗎?把它用掉!」沐云問著。

厲心棠即刻搖頭，她關上手電筒，把背包推回原位，「就……維持現狀吧。」

歡樂的氣氛低迷，沒有人想再玩遊戲了，大家紛紛坐回位子，成娟蜷起身子躺下，是該睡了。

「我再也不要參加員工旅遊了!」

外頭雨勢依舊很大，看起來沒有要停的樣子。

「大家都睡吧。」洞口的阿翰終於出聲，「天亮我會叫你們的。」

一個個接著躺下，厲心棠絞著雙手，內心惶惶不安，小剛躺下時發現她還坐著，連忙起來想問。

「你睡吧，我還不想睡，也不想聊天。」她簡單幾句話，打發了他。

小剛自討沒趣的把頭埋進外套裡，這裡又臭又冷又硬，還有著詭異的氣氛，雨聲大到令人難以入眠，還有，厲心棠是不是真的對他毫無興趣啊……

沙沙……沙沙沙……

坐著睡不著的厲心棠緩緩睜開雙眼，她朝著空中呼出的氣都化成了白煙，她聽見腳步聲，整齊劃一的聲音，感覺非常多人。

悄悄往右邊看去，洞裡的同事都已睡去，大家都非常的冷，每個人都揪緊外套縮著身子，呼出的氣都是白煙，山上現在可能逼近了零下；她略直起身子往前探，好讓自己可以看見洞穴外頭。

一二三四五六七八，八個人，她意識到應該守夜的阿翰不見了！

外頭雨勢依舊，他去那裡？

說時遲那時快，洞口忽然閃過一個人，厲心棠嚇得僵住身子屏氣凝神，緩緩的向後退了幾寸，不讓自己太過突出。

一個人影走過，接著是下一個，她吃驚的發現外頭的人是一個接著一個的，少說有幾十人！

厲心棠雙手緊緊掐著，看著一個又一個人經過他們洞口，卻沒有能在洞裡留下一絲一毫的影子……她眼尾再緩緩往洞外望，卻意外的發現另一雙睜著的雙眼。

與她有兩人之隔，側睡向著她的老胡皺眉瞅著她，顫抖的食指擱在唇上。

噓。

是啊，那些不是人吧？厲心棠緩緩的靠回岩壁上，聽著足音涉水，一個接一個的經過，那些亡靈，至今還在登山路上嗎？

噠，有個人進了洞穴，厲心棠瞬間闔上雙眼假裝睡去，她聽見外頭磨擦岩壁的聲響，聽見來人坐下的聲音，離她很遠，那是洞口的位子。

是阿翰。

厲心棠以爲自己是醒著的，但當被搖醒時，她才赫然發現自己後半夜居然還是睡著了！她被小剛搖醒時是一秒驚恐的坐直身子，錯愕的看著正在整理的大家。

「沒事！沒事……」連小剛都看出她的慌張了，「大家都剛醒而已，吃點東西等等再出發。」

厲心棠點點頭，身子有點僵，她昨天眞的是坐姿，靠著自己的背包睡著的。

洞外的天氣還是很陰暗，能聽見滴答滴答的雨聲，不過雨變得很小，與昨晚的瓢潑大雨截然不同。

「大家吃點早餐後我們就走吧！」

「好濕喔！又好冷……」靠洞口的佳臻望著外面，「鐵定超難走。」

「雨衣記得穿上，我們早出發就沒問題。」阿翰依舊開朗的說道。

厲心棠觀察著阿翰，昨晚他是去上廁所嗎？哎呀，她撫著肚子，她也想去方便一下啊。

「那個……我想廁所怎麼辦？」沐云尷尬的問了。

「呃……旁邊有草叢可以解決的！」店長趕緊說，「妳們女生去左邊好了，我們昨天都是去右邊方便的。」

幾個女生立刻交換眼神，有志一同的同時站起：一起去。

「我還有帶雨傘，遮一下心安！」成娟東西這麼重，看來是多帶了不少東西！

厲心棠也趕緊跟著出去，而且她走超快，一馬當先出山洞，想要仔細觀察外頭的地面上，能有幾組腳印？昨天那種逼近行軍的人數，照理說外頭的泥地應該要是密密麻麻的腳印吧？

噗，一腳踩出去就是水窪，厲心棠低頭看著自己的鞋子，外頭到處都是泥坑水窪，想著一夜大雨，就算有腳印也被沖刷掉了吧！

仰望著灰濛濛的沉重天空，她不喜歡這樣的天氣，出發前明明說連續晴天的，山上的天氣眞是翻臉比翻書還快！而且爲什麼一直這麼冷，濕氣又重，甚至讓她有種窒息感。

女孩子們解決完後，經過簡單的梳洗，隨口塞了一些麵包後，大家便興奮的準備踏上歸途，不管昨晚怎樣，總之要回家了。

「請問，我們要回去收昨天的帳篷跟睡袋嗎？」小剛舉手發問了。

「嗄？不要了吧！」小莘即刻否決，「那邊說不定都淹水了，我們要拎那些東西走？」

「對啊，看多少錢，我們了不起就認賠！」店長也附議。

「不回去了，那邊狀況未知，我想帶你們直接下山！」阿翰抽出雨衣，套上自己的身體，「天氣還是很不穩定，能走多少算多少。」

一山洞的人看著阿翰，突然間都沉默下來。

看著他穿妥雨衣，帽子戴上，俐落的揹上背包後，率隊走出山洞；同事們面面相覷，成娟還刻意往洞外瞧個仔細，就怕是因爲光線讓她產生了錯覺。

「爲什麼……他穿黃色的雨衣啊？」小剛喃喃說著，不解的問，「不是說登山要避免穿黃色雨衣嗎？」

「對啊，我以爲這是約定俗成的！傳說這麼多，就是不應該選黃色雨衣啊！」沐云低首看著自己的紅橘雨衣，「我還特地去買這件紅色的耶！」

這算是山中的傳說，千萬不要跟著黃色雨衣的人走，因爲那多半是亡者，他們會將人引導到死路或是懸崖邊。

「走了喔！」阿翰發現沒人出來，倒退回來看。

成娟咬咬唇，直接走了出去，「欸，你爲什麼穿黃色雨衣啊？這不是登山禁忌嗎？」

哇，她直接問了！小莘瞠目結舌，她眞的很勇。

「哈哈哈，我就知道你們會問，那都是傳說啦，我穿黃色你們才看得見我，也才醒目啊！」阿翰連忙拉起自己的雨衣，「你們看，我這不是一般輕便雨衣，是認眞的登山型厚重防風雨衣。」

「有不一樣嗎？黃色就是黃色啊！」成娟皺起眉，「這樣搞得我們覺得怪怪的，都說不要跟著黃色小飛俠走，你現在是嚮導，我們都跟在你後面，那不是名副其實的——」

跟著黃色雨衣走嗎？

厲心棠打了個寒顫，這雨衣超醒目，刺眼的醒目！

一隻手突然橫出握住了她的手臂，厲心棠嚇了一跳，才發現老胡沒跟著出洞，他一雙充血的眼睛帶著濕潤的淚水，瞅著她。

「妳看見了吧？昨天晚上？」

「嗯，但我……我不是那種敏感的體質。」她遲疑著，最近遇過多次事件，加上她從小在鬼堆裡長大，還是能推斷，「對，就一堆人半夜登山。」

「別走太前面，我全身發冷到不行。」老胡慘白著臉。

「要加衣服嗎？我還有圍巾。」厲心棠非常貼心。

老胡搖了搖頭，「不，我只有遇到那、個時，會特別冷。」

厲心棠深吸了一口氣，反手緊緊握住了老胡，花哥就在他前方，刻意遮擋住他們兩個，她在他手上掐了掐，表示知道了，更表示低調。

一般來說，如果亡靈環伺，不該讓他們知道有人注意到了。

「棠棠？」小剛發現後頭的人沒跟來，又跑回洞口。

「厚，你很黏她耶！」花哥一秒打臉，「你走你的就好，她剛說想一個人走啦！」

小剛頓時垮了臉，覺得丟臉極了，這花哥有必要這樣對他嗎？

「別這樣……」厲心棠繞了出來，「我是想一個人靜靜，你走你的，沒關係。」

小剛被花哥這樣一說，就算想陪在厲心棠身邊走也覺得尷尬，所以加快腳步的往前走去，但每一步都踱得挺重的。

厲心棠沒有跟花哥他們再有多餘的交談，逕自跟上隊伍，後頭才是花哥與老胡一道兒。他們遠遠的看著最前頭的阿翰，黃色雨衣眞的非常醒目，他回過頭看著大家點算人數，繼續往前走。

他們全體，眞的是跟著黃色小飛俠走。

厲心棠開始提高注意力，例如山上的風其實不小，但雲並不會飄動，他們現在走在泥濘路上，右邊上方是乾枯的樹林，左邊是懸崖峭壁，但樹林間好像有影子在晃動，彷彿有一隊跟他們一樣的人，在跟著他們走。

平行的，一步步同時往前。

前頭的說話聲後來也變少了，上坡路段越來越多，說話只是會讓自己更喘罷了，連跟在阿翰附近的成娟都不再說話節省體力，許多路段陡到必須要靠互相幫助，然後他們終於從懸崖邊的路，一路走進了密林之中。

這些不像路的路，全是樹木與長草，阿翰在前頭撥動著草，後面的人隨著他的步伐，只是一路上他們都像是在上坡，偶爾下坡的方位，都開始讓花哥覺得不對勁。

「休息！」終於，阿翰喊出了休息，也是挑了一塊較平的地方，讓大家可以喝水補充點心。

厲心棠看了一下手錶，他們又走了兩小時，並沒有走回昨天紮營的地方，甚至以方位來說，根本也不是往來時路走。

「抱歉，請問一下我們現在在哪裡？」最後頭的花哥朗聲問著，「爲什麼我看到海拔高度標，比我們昨天紮營的地方更高了？」

「咦？果然嗎？」小莘喘著氣，「我就覺得一直在上坡，累死我了！」

「方位也不對吧？按照我們昨天走的方向，我們一直在往西方走，要回去應該是要返回東方吧？」連店長也察覺怪怪的，「就算不經過昨天的營地，總也該看見類似的芒草叢啊。」

阿翰沒說話，但是他一臉嚴肅的拿出手機對照著。

「這裡又沒訊號，你不會現在才要拿電子地圖看吧？」佳臻可不樂意了，「你不是對山很熟嗎？」

「山裡不是用一般的電子地圖啦！」沐云拉拉她，「他們都會下載一款登山專用的電子地圖，才不會被訊號影響。」

畢竟眾所周知，山裡是沒訊號的。

「嗯……抱歉，可以等我一下嗎？」阿翰臉色凝重的說著，握著手機背向了大家。

黃色的雨衣，依舊是那麼刺眼。

厲心棠幾乎不敢坐，她拿起水喝了一口含住，謹慎的環顧四周，觀察著周遭的一切，花哥趁她回頭時指向後方，那個寫有高度的小石柱就在不遠處的地上，她即刻走過去查看。

小剛眼睛都鎖在她身上，很想湊過去，但走了一步就對上花哥的眼，又縮了回去。

果然海拔更高了，厲心棠直接拍照，當個紀錄也好。

抬頭時看見草叢裡有閃閃發光的東西，她疑惑的伸手撥開，看見一個斷成兩截的登山杖……哇，她忍不住勾過登山杖拖拉出來，登山杖要摔成兩截也不容易，這種碳纖維一般都很耐……

整支拉出來時，登山杖的尾端，帶著紅褐色，彷彿血跡的東西。

她立刻收手，登山杖是登山者重要的物品，一般都不可能丟棄，除非……不得已的狀況，而且現在還斷成兩截，甚至帶了血？有登山者，在這裡出了什麼事？

說時遲那時快，登山杖竟咻地被抽了回去，厲心棠嚇得即刻跳起來！

她沒尖叫，但這突兀的動作卻引起了老胡他們的注意！

「怎麼了嗎？」他緊張的站起，握緊雙拳。

這一問，所有人都看了過來。

厲心棠緩緩朝左看向大家，然後……看著最前頭，也回首的阿翰。

「沒什麼，可能是蛇吧！」她擠出笑容，「我剛去撥草，結果有東西跑過去。」

「要小心喔，手不要去碰！用登山杖啊！」阿翰趕緊打算走過來。

「沒事了！真的！」厲心棠趕緊迎上前，不想讓阿翰走到後面來。

阿翰止步，點點頭的停下，但幾秒後，卻面有難色的看向大家，以及正前方的店長。

於此同時，花哥拿著登山杖，朝旁邊的草一撥，頓時就僵住了。

「抱歉，我覺得……我不該抄捷徑的。」阿翰很痛苦的說著，「我們好像迷路了。」

「咦——」

「太扯了吧！為什麼會這樣？」

「那現在怎麼辦？」

花哥用腳尖踢了厲心棠一腳，她眼尾順著朝左下方瞄去，花哥撥開的是一棵大樹旁的草叢，樹幹下方被長草覆蓋，但裡頭的東西倒是被保護好好的。三炷香，姿態與山洞裡筷子一樣的插法，左右各一支，正中間再一支。只是這次不一樣的是，插在土中的是正經八百的香。

倒插的香。

第五章 驟變氣候

各式帳篷東倒西歪，被風吹到了一塊，若不是有棵大樹擋住所有帳篷，這些都不知道飛到哪兒去了；地上散落著睡袋跟各種瓶瓶罐罐，闕擎走到一處橫幅下，其被拉捲成一團，他動手剝開，上頭印有「立強店員工旅遊紀念」的大字。

他衝到「百鬼夜行」問了厲心棠的登山事宜，他真的沒想到她居然真的來登山了，還三天兩夜！得到路線跟細節後便上車前往，一路查好資料、載好地圖——人呢？

這裡是第一個紮營點，但這陣兵荒馬亂一看就知道出事了，否則他們不會這樣棄營而走。

「怎麼回事？」身後有人聲出現，闕擎回身，是一對男女，「哇……這裡……」

「不知道，我剛來就這樣了。」闕擎聳聳肩。

「奇怪，這裡應該是相對安全的地方啊。」毛帽女人好奇的張望，「我們今天是打算在這裡紮營的。」

「嗯，一堆帳篷都打開著的，你們可以直接拿現成的去用。」闕擎看了一眼錶，「還有點時間，我要繼續走了。」

「咦？你還要上去？」男人喚住了他，「等等，你的裝備也太簡便了吧！」

簡便？闕擎手持一對登山杖，身上只揹一個簡易的背包，跟眼前這對男女比起來是簡易得多，但他時間有限，趕著過來找人，沒時間弄齊裝備。

「我沒事的。」他頷首。

「等等，現在天黑得很快，你要小心喔！」女人連忙出聲制止，「不要往不熟的地方去，留意腳下，還有……不要隨便跟陌生人走。」

這話引起了闕擎的注意，「陌生人？你們也是陌生人啊。」

「不是……就，對山要尊重，這裡有時會有一些走不出去的……前人。」女人保守婉轉的說著，「尤其別跟著黃色雨衣的人。」

哦，他聽過。

「謝謝。」他簡單道謝，撐著登山杖往上走去。

按照路線，他應該順著這條路上去要往左，當他走到上頭時也看見了歷經風霜的路標，但當他準備向左走時，那根路標硬生生在他面前變成風向雞——它，轉了起來。

都已經左拐的闕擎很想無視巴在路標上的那隻手，那是只有手肘以下的斷手，白色斷骨突出，斷口都是撕裂傷，看起來還挺慘烈的！

他停下，遲疑數秒後假裝沒事的回頭瞥了眼，這路標牌眞是容易旋轉，一下子方向就指相反了；在上頭的斷手也伸出了食指，不停的指著另一個方向。

鮮血不停的滴落，看起來很新鮮，還沒有腐敗。

「我當散步，散步。」他旋過腳跟，「就走個幾公尺。」

反方向的路相當不好走，幸好他帶了兩根登山杖還能撐，但是周遭的視線太扎人了，不愧是名聞遐邇的七雲山，到底有多少死靈待在這山中？又爲什麼他覺得自己像是被盯上的肉？

亡靈不該知道他看得見，但就能這樣盯著他不放的話，那一整票人豈不是大目標了。

半路闕擎在某個樹幹上看見了繩結，那像是個記號，他試著拉拉繩索，慘叫聲突然自腦海中響起。

要不是他身經百戰，一般人早就嚇得大叫或是往後踉蹌，後頭的路還挺斜的，只怕早滾下去。

腦中閃現影像，有個綠色外套的男人做的記號，身上還有背包跟繩索啊，這是他綁的嗎？

又走了好一段，闕擎都想放棄了，他覺得再走下去離原路越來越遠，抬首看向遠方，山林的美讓他暫時忘卻疲累，這美景真的令人駐足……噠。

鞋尖踩到了硬物，抬腳一瞧，是個指南針。

指南針誰都有，登山者必備，但偏偏他還眞就沒帶，這麼剛好讓他撿一個來用；闕擎彎身拾起時，卻發現指針晃動得劇烈，別說一點都指不了北，這是電風扇吧？

才打算用幾下，那針陡然停住，像緊急煞車一樣，指向了他的正前方。

撥草聲跟著傳來，前方出現了兩個戴著鴨舌帽的登山者，朝著他的方向走來；看步伐是登山老手，走路快而穩健，由於闕擎眼前是上坡路段，對他們而言是下坡，卻掌握得宜。

「您好。」在他們經過他身邊時，闕擎禮貌的開口，這是山間大家相遇的打招呼方式。

對方點頭示意後，繼續往前。

「喂！」闕擎回過身子，喊住了他們，「有看到一個穿著綠色外套的登山客嗎？他應該摔斷左手了！」

兩名登山客戛然止步，他們像是雕像一樣定格，闕擎發現掌上的指南針也跟著旋轉到指著他們的方向。

然後他們的頭緩緩回首，像是久未上油的機械般，喀、喀、喀，吃力的轉頭，帽簷再低，闕擎也能看見他們如枯骨的下顎。

「方向。」他沉穩的問。

男人們終於抬起頭，拿著登山杖指向了他們的11點鐘方向，也是闕擎的右後方向，下一秒他們全身上下疾速腐爛，鴨舌帽下的臉凹陷腐敗，一陣風颳來，他們瞬間融入風裡，化為沙塵般的消失。

闕擎輕嘖了一聲，轉身即刻加快步伐朝著亡者剛指的方向走去。

「我可不想在這裡過夜啊！最好是不要讓我走太久。」他喃喃抱怨著，望著手上的指南針，現在又是電風扇了。

敢情這是指鬼針嗎？

吃力的又走了一小時，闕擎實在是很想罵人了，他如果現在再不折返，就得在這片區域過夜或是走夜路，這是最最不明智的，他怕是過不了這晚。

但很快地，他就聞到了空氣中飄來的腐臭味。

隨著氣味越來越濃，他終於在一處崖邊停下，這裡都是半腰高的長草，不小心便會跌下去；用登山杖撥開長草，確定了位子後，他蹲下身往下瞧——

有一個綠色外套的男人，插在一棵崖壁長出的樹枝上，瞧腐爛程度大概幾天而已，左手以下的確消失，看起來是被岩壁活活磨斷的；他身上還繫著繩子，順著繩子往上瞧，闕擎在靠近自己的一棵大樹上找到了綁著的繩索。

綁得這麼紮實，是腳滑摔下去的嗎？他下去做什麼？

闕擎再次探身，除了屍體外實在看不到其他東西，在這裡垂降絕對不是登山路線，有什麼東西吸引他下去了。

抓出指南針，針果然早就停住，停在他的1點鐘方向，基本上前方無路，所以闕擎撥開草朝著地面看去，終於發現三根倒插的香，好整以暇的插在上頭。

「倒插啊……」心頭一陣寒意湧上，闕擎深吸了一口氣，「真該死。」

他假裝無視，接著在繫有繩索的大樹下，找到了倒在那兒的背包，應該就是這位登山者的，裝備很齊全但實在有夠重，不過既然有人嫌他裝備少，是不是可以借用一下。

「喂，先生，你讓我來這裡應該是幫我補裝備的吧！」闕擎不忘朝山下喊著，「謝謝！我出去後會讓救援隊帶你下山的，這是我的承諾。」

諾諾諾諾諾……

山谷轉來回音，闕擎對男子許下承諾。

『你辦得到嗎……』

微風送來了回應，闕擎倏地看向聲音的方向，戒備般的起身，放眼望去這荒山野嶺就只有他一個人，但有人在附近……不，是有鬼在附近訕笑著他嗎？

放輕鬆，慌張恐懼只是更讓他們得逞罷了。

將背包立起，闕擎查看著持有人的個人訊息時，腦袋瞬間空白——亮亮？

厲心棠傳回「百鬼夜行」的最後一張照片，就是他們在集合的照片，她說了他們嚮導，就叫亮亮！

「我知道你找我來幹嘛了，根本不是分裝備給我！」闕擎嘿呦的揹上背包，即刻回身返回原路！

這傢伙是在找接替者，他或許還念著他的任務，想著厲心棠他們那一票人！

闕擎緊緊握著登山杖，他已經有預感此行絕對不簡單。

只有這個時候，他不會厭惡自己這雙看得見魍魎鬼魅的雙眼！

「我們現在怎麼辦？」

哭聲響遍山裡，成娟瀕臨崩潰的哭了起來，她的慌張感染了其他人，女孩子們紛紛恐懼的跟著啜泣。

「你不是嚮導嗎！為什麼會迷路？」店長實在忍無可忍，「至少……至少現在要讓我們出去！」

爭吵是必然的情況，因為他們現在居然在山中迷了路！一路上也都沒遇到其他山友得以求救，只能跟著阿翰繼續走，他說憑著多年的經驗一定能走出去，但大家走得又累又餓，走到天黑了，還是沒有看見希望。

但至少他找到適合的地方讓大家紮營，也是林間，看得出之前有人紮營的痕跡，也有燒過的火堆，今晚就得在這裡睡了；阿翰領著男生到附近破壞陷阱，他怕有人放了動物陷阱，得先處理掉。

然後設置了男女生解決小便的地方，大家一樣喝水吃麵包或餅乾，隨便的解決一餐。

由於第一晚帳篷幾乎都棄置了，但由於每個人都是背雙人帳，所以都還堪用，只要能有個遮風蔽雨的地方都好。

「我們自己還有一帳。」花哥前一晚撤營時有回收帳篷，他遞給一旁的厲心棠，「妳要不要拿去用，我跟老胡一帳。」

厲心棠搖搖頭，「我也回收了，」

花哥幾分佩服，棠棠反應力眞的很快。

「明天我們到高處後，那邊會有訊號，可以聯繫。」阿翰被罵了之後心情也很低落，「請大家放心。」

「亮亮……亮亮會不會留意到我們不見了啊？」小莘抽泣著，「至少三天過後，我們沒下山的話，他會知道的吧！」

「對……對對！」小剛連連點頭，「到時就會派人來救我們。」

厲心棠扶額，她好害怕，今天一整天她都繃緊神經，一路上都不正常，總覺得一直有人在跟著他們啊！

「會的，會的。」阿翰喃喃的說著，「只要抱持希望……」

厲心棠看著阿翰，他至今沒有脫下衣服，他們一直跟著這位黃色雨衣嚮導，直到現在的困境。

厲心棠一樣沒拿出睡袋，她其實已經感應到附近有很多不懷好意的亡者了，她必須想辦法應對，照理說，沒有惹他們的話，他們不該會傷害人啊！

「我來說故事給大家聽吧。」

帳外，阿翰的聲音輕輕的響起。

帳內，每個人都還沒睡，聽著他的聲音伴隨著火堆的劈啪聲，倒也舒服。

「這座山有許多傳說……最知名的是三十幾年前三個登山朋友失蹤的事件，至今都未尋獲，大家應該都聽過的吳成翰事件，也是因爲這事件大家才開始留意救援系統的健全。你們比較熟的是五年前的K大登山社事件，八名同學前去登七雲山，只有一名走出來，其餘七人失蹤，傳聞中後來有學弟妹再登山，親眼見過穿著橘色外套的社長，也有人疑似看到學長們依舊組隊前行。」

阿翰邊說著，隱隱約約好像有踩枝聲，像是有人踩在落葉或枯枝上的聲響。

老胡突然將花哥的手機壓下，比了個噓，驚恐的看向帳外。

一個黑影，倏地站在他們帳外！

花哥曲起膝呈跪姿，看著站在帳外的人影，那不是阿翰……因爲不只一個人！

「每個人都迷失了方向，山很美，我們都曾想過如果每天都能見到這種景色多好，但是……」阿翰的聲音沒有停止，「其實大家還是想回家的。」

佳臻伸手往後，拍向身後看手機的成娟，看啊，外面爲什麼有人？成娟狐疑的放下手機，眼睛還有點兒花，朝旁一看，赫見一個人就蹲在她帳外，像是看著她們！

「哇！」她失聲尖叫的撐起身體，驚恐的看著外頭的人影，是、是誰啊？

厲心棠趕緊把闕擎之前給他的護身符擱在帳篷壁，湊近瞧的人影轉眼消失，這東西她在店裡都不敢拿出來，怕傷到青面鬼或其他亡者，但這次出來她可是老實的帶上了。

足音明顯的增多，一個兩個三個四個，所有在帳篷裡的人看著外頭聚集了許多人，有的好奇的湊近帳篷裡彷彿想一探究竟，有的就只是行走著。

「烤烤火吧！好冷！」陌生的聲音跟著傳來，沐云瞪大眼看著小莘，用嘴型說著：不是阿翰。

「對啊！好冷喔！」陌生女人的聲音跟著響起，「你們是朋友嗎？一起來登山？」

「他們是一間公司的員工，來員工旅遊的。」阿翰正在回答他們，「一共十一人。」

「十一人啊……」這四個字拖長尾音，是好多人異口同聲的。

「但現在這裡只剩九個。」

店長跟小剛緊張的嚥著口水，為什麼他們外面會聚集這麼多山友？伴隨剛剛阿翰說的故事，這怎能不叫人毛骨悚然？小剛推了推他，所有人都關在帳篷裡不知道外面發生什麼事，店長該出面了吧？

「阿翰，外面是誰？」店長幾經猶豫，還是開口了。

顫抖的手伸向拉鍊，他是不是應該要出去看一下，是、是哪些人？

「啊，是山友！他們也來烤烤火。」阿翰回得從容。

「太冷了，我們那邊食物不夠了，想跟你們借一點。」有人開了口，「什麼都行，真的太餓了。」

花哥看向老胡，他臉色慘白的搖著頭，拼命搖著頭，不要說話不要出去！

花哥立即動作輕柔的把外套披上老胡的身子，穿上！他暗示著，隨時做好逃離的準備。隔壁帳的厲心棠也早已準備完畢，她連背包都揹上身了，這陰氣森森，她太過熟悉。

為什麼找上他們？她想起之前遇過的厲鬼，揭開衣袖看著豎起的汗毛，此地不宜久留。

「餓……」小莘找著手邊的食物，但沐云卻伸手制止她拿太多。

「我們現在都還不知道何時會獲救，食物很重要。」她用氣音說著。

因爲當初說好是三天兩夜，而且也有嚮導，大家食物帶得都不多，就是泡麵、麵包跟餅乾而已，要是這幾天無法獲救，那可怎麼辦？

小莘聽著，就縮減的拿出兩三包蘇打餅乾，總是幫一下吧？沐云擰眉，默默點頭，但她不打算拿出去，有一種本帳篷代表捐出這幾包就好的意思；成娟那邊倒是大方，她直接掏出兩包泡麵，覺得加點水煮多一點，大家還能喝點熱湯。

「我只有一點點泡麵喔！」她邊說，一邊拉開帳篷拉鍊，「你們將就點吧！我們自己帶的也很少！」

聽見有人出來，店長才鼓起勇氣跟著抓過麵包鑽出。

三個人前後沒差幾秒的從帳篷中拿著食物出來，依照帳篷位置剛好呈現三角形的半蹲站在帳篷外，驚愕的看著空無一人的大石，那個阿翰應該坐的位子……不，是舉目望去，除了他們外，根本一個人都沒有。

剛剛那些紛沓的腳步聲，那好像十數人的陣仗，甚至出現在他們帳篷外的人影，根本都不存在！

只有那火堆是眞實的，隨風劈啪響著，幾絲火星跟著迸出柴堆之外。

「怎……麼……」成娟都愣住了，她鑽出帳篷前，還清楚的看見一個人影就站在他們帳外斜前方的！

「什麼？」佳臻跟著揭帳爬出，只爬到一半就愣住了。

沒有人？她倏地縮進帳篷內，明明一個人影就站在她們帳篷外，而且……哇啊！他蹲下來了！

那個人伸長頸子湊近她，直接貼上帳篷，帳篷便拓著那個人的五官，從帳外壓至帳內，而電光石火間，她左手拿著的餅乾瞬間被掃掉！

「哇呀——」尖叫聲劃破了緊繃的寧靜，佳臻嚇得在帳篷裡滾動！

於此同時，店長、成娟他們手上的東西也像被搶奪一般，地上出現紛沓的足音，緊接著有看不見的外力開始撕扯著他們的帳篷！

「跑！快跑！」

老胡跟花哥早就從帳篷的另一端鑽出，驚恐的喊著！

唰——小剛頭頂的帳篷被眨眼撕開，他也嚇得哇啦哇啦亂叫，抓起背包不顧一切的就要衝，店長正爬回去拎起自己的背包，才剛勾到背包帶子，就被一股不明的力量扣住，與他搶奪背包似的。

全部只有厲心棠的帳篷暫時沒事，她一爬出來帳篷整座像被什麼吸走一般的被吸入後頭漆黑的林間，她踉蹌往前，耳邊是不絕於耳的尖叫聲，以及同事們混亂的大吼。

接著大風掃至，所有人都睜不開眼的伸手遮掩，厲心棠飛快蹲低身子，壓低了帽簷，眼尾親眼看著火堆在她面前一秒熄滅。

高溫的火，簡直像突然澆了冰水一樣，連一點餘燼都沒有。

緊接著，就是感受明顯的溫度驟降，這不僅僅是失去火堆的原因，而是不正常的寒冷包裹住他們。

『一起……留下來吧。』

飄渺森幽的聲音在身邊響起，一個、兩個、三個……漸漸的一雙雙腳出現在大家的視野當中。

「走啊！」花哥驀地大吼，「快跑！」

這一叫，終於讓所有人動了起來。

但失去火光，他們陷入了徹頭徹尾的黑暗，在山中的林間奔跑非常危險，但這時已經沒有人顧及這點了，只要有路，就是沒命的跑！

看著前方的人影，跟著一個是一個，不管被樹枝揮及、或是被草割傷，這時都沒有人覺得痛了！

阿天……不不！厲心棠邊跑邊忍著想哭的衝動，她不能什麼都依賴「百鬼夜行」的鬼魅們，她要自立自強，雅姐說過，她是人類，不能一輩子都讓鬼魅們護著她！

登山是她的選擇，山的世界就不能隨便介入，她既然選擇來登山就要有心理準備——可是，她就只是想來登山，又沒人告訴她，會遇到這麼多亡者！

闕擎……闕擎！她在內心吶喊著，她有傳訊息給他，他會看到嗎？

今天下午，她好像聽見他的聲音在山谷裡迴盪的錯覺……

「小心！」背包猛然被人使勁向後扯，厲心棠整個人往後，重重的落上身後人的臂彎間。

但後方的人還算穩定，扶穩她後誰都沒有倒下。厲心棠這才看見她的前方，有一隻尖長的樹枝伸出，剛剛一路下坡她都用滑行的，要是沒有緊急煞車，只怕她就被刺穿了。

「謝……謝謝……」她僵硬的回頭，發現是老胡。

「沒事！沒事。」老胡後仰著，半蹲低身子，「妳站好了。」

厲心棠點點頭，穩好重心站妥，他們已經不知道自己跑到哪兒了，看著周遭的漆黑，她鼓起勇氣打開了頭燈。

接著，兩個人影踉蹌的趕到，是沐云跟成娟！她們一見到熟人就哇哇大哭起來，厲心棠連忙寬慰著她們，沒一分鐘小剛氣喘吁吁的奔至，再後來……不管老胡踮起腳尖眺望多久，都沒有人再出現。

「花哥呢？」厲心棠知道他在等誰。

「我們剛剛是一起跑的，但……但我不知道……」老胡緊握著拳，不停的顫抖，「他應該是在我前面的。」

「欸……那佳臻呢？」提到這點，成娟哭著回頭，「佳臻不是在我身後嗎？」

沐云抹著淚卻沒找人，她搖著頭，「太黑了，根本分不清誰是誰，我是跟著棠棠身後跑的，但一下子就看不見，只能大概追著。」

「我也什麼都不知道，就是狂奔！」小剛緊繃著身子，他自然是鎖定厲心棠的身影，順著她奔跑的方向一路追過來的。」

他們五個人就在一棵樹下，漆黑中團抱取暖，期待著再有夥伴的到來；但更怕的是，等來不該等的人。

「我們在這裡休整一下，得找個地方休息。」老胡抖著聲音說著，嘴裡吐出著白煙，眞的冷。

「休息？怎麼敢，剛剛那是……那個吧？爲什麼會這麼多，他們想做什麼？」成娟恐懼的哭喊著，「萬一我們在這裡又遇到他們怎麼辦？」

「暫時不會，妳聽！」厲心棠安撫著她，聽。

聽見了沒，蟲鳴聲偶爾發出，還有水鹿奔跑的啼聲，說時遲那時快，有隻水鹿就這麼從他們身後奔過，嚇得沐云驚叫，也嚇得水鹿奔跑。

「是啊，」老胡痛苦的哽咽著，「終於聽見蟲鳴了。」

從昨晚不知何時開始，世界就靜得只能聽見風聲，原本的動物奔跑、鳥叫蟲鳴，全部都聽不見外，連飛禽走獸都沒瞧見，彷彿進入了一個過分平靜的時空。

「我有護身符。」成娟比著自己的頸子，「這有沒有效？我還有帶佛珠，還有一個出發前去求的香灰。」

「我也有……我也……」沐云趕緊也要拉出自己身上配戴著的。

「我也去求了！」小剛加一。

「先、先等等。」老胡喘著氣，「我會唸一些經文，我們可以一起……」

他說不下去，直接拿出手機，播放了存在那裡的經文，但還沒點開，立即被厲心棠切斷。

「妳做什麼？」成娟緊張的怒吼。

「這是要超渡還是迴向？你知道這裡有多少孤魂野鬼嗎？」厲心棠嚴肅的說著，「你這不是安心用，是召喚用的。」

多少亡靈擠破頭都會搶著被超渡吧？這要是一放，大概所有孤魂都殺過來了。

老胡瞭然於胸，卻跟著脫力，瞬間蹲下身去，「我不知道……那我不知道該怎麼做了，我……」

「冷靜吧。」厲心棠深吸了一口氣，從上衣口袋裡摸出一張名片，好整以暇的插在地面上。

她雙手合十的做出請願狀，其他人不解，但也跟著拜了拜。

那是什麼？小剛看向紙卡，怎麼看，都是一張名片啊，是什麼護身符嗎？

「妳這是什麼？」老胡果然清醒多，他蹲著身子好奇的盯著，「唐……恩羽？」

「我認識的一個……高人嗎？是對姐弟，職業是驅魔的。」厲心棠回答得太正經，老胡一時不知道該不該笑。

「名片有力量嗎？」他沉穩的回著，「我感應力沒那麼強，但是……」

這怎麼看，就是一張名片。

厲心棠哭喪著臉，一臉委曲巴巴，「我不知道……我想說在這邊放他們的名片，會不會嚇走一堆人……」

不會。老胡在心中直接否定，差點沒翻白眼。

最好是拜一張名片，就可以讓他們離開這裡啦！

第二個營點。

闕擎看著空無一物的地區，心裡早有準備，一路上走過來，根本沒什麼誰經過的或休息的痕跡，連腳印都沒有。

瞧，現在回頭，只看得見他自己的足跡。

「根本沒走這條路吧！」他將登山杖使勁往地上一插，「果然第一營區之後就出事了！」

昨天因爲去撿背包，來回多花了兩個小時，他也沒貿然找地方休息，選擇走回第一營區，撿了一頂空帳篷就住，不僅省去打開的麻煩，裡頭甚至連睡袋都有。

他在帳篷周圍畫了些圖案，以防被騷擾，那些是他以前就學習到的，畢竟太容易被亡靈騷擾的人都會主動去學習，加上他之前結識姓唐的驅鬼姊弟，也花錢買了一些特殊防護。

這種防護陣很貴，但說眞的這陣令他畫起來非常……不舒服，因爲他沒看過哪個陣法要用到倒五芒星的。

原本也想要幫那對情侶還夫妻一把，不過他們最後似乎沒有停留在那兒，可能是時間足夠便前往下一個地點了；他這一晚睡得還挺舒適的，雖然還是有許多竊語聲，不過他只能當作沒聽見，帳篷外閃過的人影，也只能當不知道……因爲正常人，是絕對看不見的。

他內心當然後悔了八百次，誰讓他回神時已經在山裡了！他爲什麼要爲了厲心棠跑到這裡來，明知道山裡的亡者非常多，而且都是永遠走不出來的，他這種體質簡直是找自己麻煩。

但他還是來了。

最令人煩躁的是，那天他去「百鬼夜行」時，拉彌亞早就在門口等他的。他們是覺得他一定會來嗎？還是覺得他一定會追著到山裡來？還再三強調這次他們不能輕易的幫助厲心棠，山有山的規矩？

不是，他那天應該要談判一下的！至少還要再多要幾次把亡魂引到「百鬼夜行」的權益？

唉，想再多都遲了！今天他七點就出發，循著路線終於在中午前來到第二集合點，非常好的什麼都沒看見。

「五天了！說好的三天兩夜都不見人，五天了這裡連點痕跡都沒有……」他眞的是非常不耐，嚮導都開始腐爛了，那群人應該也很慌吧？

如果是當員工旅遊，準備的東西怎麼能在山裡撐過五天？

其實一旦在山裡迷路，根本不必亡靈厲鬼的追擊，只要迷路就能夠輕易要了一個人的命啊！

「咦？」對面出現有點熟悉的聲音，「是那個人！」

闕擎抬起頭，走回的是那天見到的情侶！看這方向，他們是返程了嗎？

「嘿，先生！你還在找人嗎？」兩個人朝他揮了手。

「嗯，這裡應該是這條路線的第二營地吧？」終於遇到人，他當然多問幾句，「附近還有別的紮營處嗎？」

「要紮營哪裡其實都行，但這裡的確是適合且安全的營地！」女人主動回答著，「你要找的人也走這條路徑嗎？可是我們……」

她不安的看向男人，彼此都皺起眉。

「這一路除了你之外，眞的沒看到別人！」男人保守的說道，「會不會是另一條？有另一條路徑離這裡很近，也就是前面某個點朝北岔出去就行了。」

「我入山時他們已經在山裡三、四天了，你們沒看到也是正常的！」闕擎重新拿起剛被他亂扔的登山杖，「但這裡再怎樣也該有點痕跡才對。」

「可能不是在這裡紮營。」女人點點頭，「我覺得可能……」她抬起頭，往上瞧著，像是不知道該怎麼說。

「你有地圖嗎？」男人指著他的手機。

闕擎是直接抽出紙張地圖，他覺得這比較好辨識，厲心棠他們走的路線他用紅筆描上了，湊過來的男人則指了幾乎四十五度的、往北方的另一條路。

「這距離差多遠你們知道嗎？」闕擎狐疑的瞄向他們，「這不是迷路，這是一開始就走錯了吧！」

這方位，像是離開了昨晚的第一營地後，就走了另一條八竿子打不著的路線。

「最近的營地是那裡，從這裡走過去，大概要一天。」女人肯定的點點頭，

闕擎看著地圖，這眞的是神扯的距離，但現在這兒的確沒有人走過的痕跡……對，除了他自己的足跡外，基本上連這對情侶的足印都沒有。

「你們最好不要騙我。」他突然瞄向了男人，「否則會後悔的……」

闕擎突地衝上前一手掐住男人的頸子，手上的登山杖就著他的胸口就要刺進去——

「不要！我們就是來提醒你的！」女人驚恐的尖叫著，毛帽下的臉眨眼間只剩半顆頭，「沒有騙你！他們被帶走了！」

闕擎掐著的頸子也開始流失肌肉，男人恐懼的削瘦漸成乾屍狀；闕擎收回手，留意到男人與女人的腰上，是共同繫著繩子的。

「他們跟著死者走了，再不快點誰都救不出來！」男人雙手合十的低下頭，「我跟她在谷底，如果可以的話……」

「哪個谷底？」闕擎冷冷的瞪著他們。

情侶雙手緊緊互扣，他們腰間的繩索倏地一緊，瞬間有股外力分別將他們兩個的腰部撕扯開來，上下半身分別朝不同方向撕開，兩個人成爲散落的碎骨，啪噠的落在地上時，卻什麼都沒留下。

嚴格說起來，是有些細微的沙礫，組成了2150的數字。

「我爬個山都難擺脫這種命運嗎？」闕擎原本就很厭惡幫這些亡靈處理事情了，「好，我盡量。」

但看在他們一再提醒幫助的份上，他還是把數字記下了。

然後是——

他掏出了那個指南針，現在是電風扇模式，闕擎隻手高高舉起，要求一個方向。

「我的朋友在山裡，我就是爲她上山的！你別給我個背包就算數了，要做就做到底，把工作好好完成！」闕擎直接出聲警告，「否則我保證把你帶出山，然後送進百鬼夜行裡，你不知道那是什麼，但知道了你會後悔。」

餘音未落，上方突然出現一抹綠色的身影，有些透明隱晦，與闕擎有著十公尺的落差。

他又不是專業登山者，最好指個地圖他就看得懂，這種時候，就需要專業的嚮導。

活的跟死的都一樣，專業就行。

第六章 分道揚鑣

回過神時，就只剩他們四個了。

花哥焦心的引頸企盼，卻怎麼也沒再看到該來的人影，老胡那時就在他旁邊，明明是一起離開帳篷，爲什麼會走散？

而且隔壁帳就是厲心棠，這樣都沒能在一起？結果現在跟他在一起的，是對面帳篷的店長、佳臻與小莘，而且跟他們睡一帳的人也都通通不在，到底是怎麼跑在一起的，他不理解。

佳臻跟小莘就是哭，嚇得花容失色，店長平時看起來穩重，這時候卻反而亂了陣腳，半句話都說不出來；有一說一，那些東西眞的太可怕。

滿滿的人影在帳篷外窺視，一出帳竟什麼都沒有……接著是撕帳、搶奪，還有充斥空氣的腐臭味。

他們是撞鬼了！看老胡的反應他之前大概就知道這山裡不平靜，那個阿翰一開始就有問題……這樣說來，亮亮跟老闆，該不會凶多吉少了？

他們四個人跑得很遠，聚在某一個地方後待了一夜，徹夜未眠，一直到天亮了才勉強放下心。

「哭夠了大家來討論一下。」花哥算是最冷靜的人了，「我們得靠自己離開這裡了。」

「離……離開……」店長緩緩回神，「這山裡我們要怎麼走？」

「無論如何，過了三天我們沒回去，你們家人一定會報警的，有報警就會有救援，我們必須等到救援。」花哥仰頭看著濃密樹林，「這裡樹林太茂密，有直昇機也看不到我們。」

「往高處去嗎？阿翰說過，要到高處空曠的地方。」店長還記得阿翰說的。

「他說的話能信嗎？那個阿翰是不是……本來就有問題！昨天後來都沒看見他了！」佳臻立即反駁，「而且我身上的食物跟水都不夠，我們應該要往河邊走。」

「下切河谷嗎？我好像聽說這是錯的？」店長在網路上看過類似的訊息。

「但我記得就是要往河邊走，順著河走就有出去的希望。」小莘也贊同，「河邊有水、有魚，我們至少有東西吃。」

她們渴望著看向沒答腔的花哥，他正仰頭看著高處。

「我要到高處去。」

「咦？你知道怎麼走嗎？而且萬一又遇到那些怎麼辦？」佳臻拉住了他，「你又知道哪裡能被救到？走不出去怎麼辦？」

「現在誰知道怎麼走？失去嚮導後我們就什麼都不會，但起碼要找個能被救援的最大機會。」花哥用力做了個深呼吸，回頭看向同事們，「我們不一定要一起行動的。」

「咦？」三個人愣住。

「現在的情況是沒有人領路，我們四個啥都不會，在這種高山中，不是專業登山者的我們，輕易一個選擇都會影響生死，更別說……昨晚我們還遇見了那一堆的好兄弟。」花哥一字一字的說著，「現在做的事都會決定生跟死，所以自己決定就好，不要因爲想配合誰，硬要一起行動。」

店長喉頭緊窒，花哥平常工作時都痞痞的，但這一趟旅行眞的讓他看見了他那痞樣後的冷靜。

他說得沒錯，現在的他們就是無頭蒼蠅，而且是什麼都不會的人，求生是唯一的路，但誰又知道哪條路是生？

「我懂了。」店長點點頭。

「你懂什麼啊？我不懂！」佳臻不可思議，「不一起行動我們怎麼辦？我們如果……」

「自己的性命自己負責吧！」花哥打斷了她的話，「就算一起行動，也不代表我得負責妳的安危或幫妳什麼，互相照顧是基本的，但這不是義務，妳得搞清楚。」

佳臻瞪著花哥，雙眼裡寫滿不甘與忿怒。

「佳臻，別這樣，花哥說得沒錯。」店長出言安撫，「怎麼走看個人，就算大家都選擇到高處，中間想走不同路也能自行脫離，別把生存權交在別人手上。」

「我沒有要上去！山裡多可怕？這幾天還沒體驗夠嗎？我的水只剩半瓶，食物剩一點點，昨天還被搶了……」佳臻痛苦的吼了起來，「我的帳篷、睡袋，什麼都沒了！」

花哥靜靜的看著她，發洩情緒是好事，他原本也很生氣，多想狠揍老闆一頓，但昨夜仔細想過，老闆只怕早已凶多吉少。

「大家都沒有帳篷了。」小莘啜泣著，看向店長，「店長，你、你要陪我們嗎？」

店長嚴肅的擰眉，很艱難的開口，「抱歉，我也選擇往高處走。」

小莘驚恐的倒抽口氣，花哥剛剛已經表明了他的決定，所以如果要下切河谷的話，就只有她跟佳臻？

淚眼汪汪的看向佳臻，佳臻倏地抓住她的手，不准放她一個人！

「妳知道往河走才是對的！」她咬著牙說。

「讓她自己決定。」店長阻止了佳臻的情緒勒索。

河？還是山？這兩天在山裡走得都是艱困的路，沒有水沒有任何食物，佳臻其實說得對，到了河邊，有水就能活……但她們兩個都是女生，能行嗎？

可是，如果爲了有人幫忙，回到山裡，這可是險峻的七雲山啊，再走上去她們體力能負荷嗎？食物與水不夠後該怎麼辦？

「我選河。」終於，小莘下定了決心，佳臻笑顏逐開。

「好！」花哥整裝待發，「那我們約定好，不管誰獲救，記得不要忘記剩下的人。」

他握拳朝向女孩們，女孩們用力點了頭，與之互擊。

男生朝著上方走去，女孩則轉身往下，河谷便是往下走，只要一路往下，鐵定能遇到水的！

在他們分開之處，一旁距離數十公尺外的林間，有一組登山者默默的看著他們，他們頭戴鴨舌帽，身穿著陳舊破損的外套，身上掛著已腐朽的繩子，手上滿是血汙。

在男孩女孩兩兩分開的瞬間，他們一句話都沒說，平均的自動分成兩隊，一隊往下，一隊往上。

其中一人直接往一旁的地上使勁一插，然後平行的跟著花哥他們往上而去。

附近的草瞬間乾枯焦黃，才露出剛剛插入地上的，是倒插入土的三炷香。

「棠棠。」

上方的小剛伸出手，想要拉過厲心棠，她站在下方，有幾分無奈，刻意無視他的手，自己攀著石塊爬上去。

「你去幫成娟吧。」撂下一句話後，她走上岩石，冷風颼至，她現在正踩在一塊制高點上。

他們這組沒有岐義，厲心棠跟老胡都說要往高處走，小剛一定是跟著厲心棠的決定，沐云也聽她的話，成娟孤掌難鳴，她又什麼都不會，自然是跟著走的。

小剛碰了一鼻子灰，獻殷勤卻不停的被打臉，而厲心棠真的比他想像的厲害太多，體力甚至比他們任何一個都強，走到現在也只有微喘，步伐依然非常穩健。

「等等有段路就沒有樹林了。」老胡指向前方，看起來樹木少了許多，只有石塊跟泥土路了。

「有水聲，如果遇到河的話，可能會遇到水路。」厲心棠打開水瓶灌了一口，「往好處想，等等就可以裝水了。」

老胡點了點頭，卻不安的往後瞧。

「別看他們，裝作不知道就好。」厲心棠制止他回頭。

老胡略抽口氣，「妳果然……」

「我知道有什麼，但可能沒你看得精準，就一直覺得被盯著。」她拍拍老胡，「我現在只想找個地方快點安定下來，等待救援。」

「天哪……累死了！真的！」後頭的成娟哀號著，「棠棠，妳平時有在健身嗎？體力很好耶妳！」

「嗯。有喔！我一直有在健身喔。」

「難怪……」小剛在心裡佩服，覺得好像又更喜歡她了，「體力好，氣息又穩。」

「而且妳是不是對登山或是戶外求生有經驗啊？」沐云上氣不接下氣的撐著雙膝，「很多事都很熟的樣子。」

「我有基礎知識啦，家裡有人教我，但……」她望向壯麗的遠方，不知道該怎麼說。

說她沒有經驗是假的，因爲叔叔或雅姐都會帶她去爬山，水鬼會教她游泳，但都不是在這裡的山，是住家外頭那座山。

或許那兒沒有這裡如此壯麗，但也沒那麼險峻。

「看看那邊，多美！」厲心棠不想回答，指向了遠方。

今天的天氣變得很好，藍天中見不到一絲白雲，他們可以看到連綿山峰上的白雪，還有山下微黃的樹葉，這種景色眞的能美到令人忘記疲憊。

「這時候就會瞭解，爲什麼即使這麼危險，還是讓登山者前仆後繼了。」小剛不由得讚嘆。

是啊，可以的話，坐在這裡看著遼闊美景一整天都不會厭倦。

「我們還要繼續往上爬嗎？」沐云其實很累了。

「必須往上走，也得找個適合紮營的地方。」厲心棠嘆口氣，「看有沒有山洞類的，至少得擋風擋雨。」

她二話不說邁開步伐，老胡也趕緊跟上。

一路上他都想問厲心棠身上那些黑氣是哪兒來的，但最終還是沒有開口，先專心找生路再說吧！找到高處，想辦法發出信號，越快離開這座山越好。

隨著登山的高度越高，氣溫越來越低，只是因爲他們都在運動，所以還不覺得冷，但白天氣溫就很低了，下雪也不會意外，所以他們一定要找到可以藏身的地方。

「等！」小剛突然停下腳步，鼻子嗅了嗅，『你們有聞到什麼嗎？』

嗯？老胡回頭，跟著聞了聞，「什麼？」

「……有燒東西的味道！」沐云聞出來了，「有香味！」

「咦？」厲心棠趕緊仔細的聞，好像眞的有……烤肉的香氣！「我們應該還沒有產生幻覺吧！」

「那裡！」成娟衝上前指著前方，「你們看那邊是不是有煙？」

遠遠的，的確有段距離，那邊重新又有片密林，而一股熱氣上湧，的確像有人在燒柴火……不，烤肉的味道。

肚子餓不餓是另外一回事，重點是那邊有人！

一瞬間大家活力無限，快步的走向白煙的方向，只是看起來近，但其實走起來非常迂迴，尤其當他們到了一處河谷時，真的覺得腿都要軟了！

眼前的下方河谷是一條湍急的溪流，這是唯一的路，他們必須橫過溪路才能到達對岸。

「我的天……怎麼就沒有橋呢？」沐云看得實在頭痛。

他們得先攀爬下去，橫過溪流到對岸，再重新攀上山壁，才能到達對面的樹林。

「還是得走！」老胡趕緊找出繩索，「這看起來不高，應該還好。」

「大概兩層樓左右，簡單的打繩結下去就好，還是要小心……我來吧！」厲心棠接過他的繩子，「你們也跟著學，看看怎麼打繩結。」

所有人在詫異中看著厲心棠熟練的打著繩結，繩索套在樹幹上，使勁拉緊確定穩固後，就能往下垂降了。

「這樣不會掉下去嗎？」小剛緊張的問。

「兩根繩子一起拉，用腳走在岩壁上，不會有事的。」厲心棠扯扯繩子，拉緊後就準備下去。

這時小剛倒是沒有一馬當先的勇氣，因爲他眞不會啊。

「我先下去，記住是用腳走在石頭上，不是整個人都依靠這根繩子。」厲心棠調整好手套的鬆緊，面對著大家，「老胡，你殿後。」

老胡點點頭，緊張的看著四周，小剛回頭看了他一眼，爲什麼棠棠沒讓他殿後？

厲心棠很快的就下去了，眞的不算高，但還是很可怕。她下去後先謹愼的觀察四週，再喊著下一個。

「小剛！你下來！」

哇……一群人在壁邊看著站在下方的厲心棠，四周都是極湍急的河流，但河的兩邊還有巨石能站立，小剛抓穩兩根繩子，吃力笨拙的按厲心棠的方式做，其實比想像的簡單，眞的是走在壁上就能下去，但還是會搖搖晃晃。

厲心棠讓他先下來，是爲了要接沐云她們，有男生在比較方便。

水聲掩蓋過女孩們緊張的尖叫聲，沐云下來後給了成娟莫大的勇氣，雖然歪斜，但爲了保命大家繩子都握得很緊，所以再笨拙也都安全的到達，老胡最後一個下來後，厲心棠上前接過繩子，輕鬆拉開其中一根，繩子竟唰地收回了。
「這繩結太厲害了，我也要學！」小剛看得興致勃勃。
「晚上有空再教你們，老胡？」厲心棠收著繩子，喀噠的扣上腰際。
「沒有看到什麼太可怕的。」老胡實話實說，「但還是不對勁啊。」
厲心棠點點頭，她知道，只是老胡應該比他們都敏感，如果先能察覺到什麼就好了；此時沐云也發現，棠棠腰間居然有好多扣環，而且還有好多繩子！她有點詫異，這些是他們有的嗎？
「我的包裡也有這些繩子嗎？」她有點想脫下背包了。
「應該有繩子，但沒我這麼多，這些都我自己準備的。」厲心棠從身上拿出另一條極長的主繩，「我們現在要橫過這條溪。」
眾人錯愕，看著那湍急的河流，前兩天下過大雨，這水勢……橫過？
「這怎麼能走得過？這一下就會被沖走吧？而且……」成娟只看到白色水花不停濺起，「哪裡有路啊？」
「水花那裡就是，一定有石塊或落差，才會激起這些水花！登山路徑本來就有水路，只是……」厲心棠看著眼前的水勢，這水眞的太大了！「啊！對了！先裝水。」
她取下水壺，正要準備裝水時，小剛先一步扣住了她的肩。

他也蹲在一旁，本來正準備補水，但是因爲蹲下時朝上瞥時，卻看見了奇怪的景象……隱約有類似三根香的形狀，插在上頭。

「大家都別動，遠離水邊。」老胡趕緊說，「有……那邊。」

他顫抖的指向疑似三炷香的方向，上頭是兩個大石塊，中間卡了許多漂流木，但漂流木上，有一隻烏鴉正瞪著他們。

厲心棠主動走上去，淡淡的臭味傳來，在水流聲中，她聽見了細微的鈴聲，叮……叮鈴鈴。

漂流木堆積起來像個巢穴，老實說要躲人也沒問題，但一般人應該不會選擇在這裡躲藏，除非是枯水期吧？否則只會增加濕冷感罷了；那三根不是香，是三根樹枝，可是又插成那種令人不適的模樣，就在那堆漂流木的正上方。

上頭那隻烏鴉一點兒都不怕人，頭緩緩轉過來看向逼近的她，厲心棠覺得烏鴉的眼睛好像人類的眼睛！

她止了步，與烏鴉對看，烏鴉可以飛得出山嗎？報上店裡的名稱會有幫助嗎？

她伸出右手，刻意將蕾絲戒伸向烏鴉，烏鴉忿怒朝她「嘎」了一聲……看來沒效啊！闕擎說，這個好像只在生死關頭時會有作用，她問過叔叔，叔叔卻說，只是送她的普通戒指罷了。

「你瞪著我沒用，我只是想確認一下那三支下頭有什麼。」厲心棠無奈的對烏鴉說話，「還是你要……告訴我？」

餘音未落，烏鴉「嘎嘎」又淒厲的叫了兩聲，展翅原地跳躍，然後啪的往下跳了幾下，細腳站在靠近水面的樹枝上。

「嘎！」牠又清亮叫了一聲，叫得人膽顫心驚。

厲心棠再往上走幾步，找一個更靠近的位子，才蹲下來想看仔細……天哪！她即刻別過頭去，她見到一團黑髮就在水下，卡在了那層層疊疊的樹枝底下。

「棠棠？」小剛看見她驟然起身又別過頭，緊張的握拳。

厲心棠忍不住發顫，冷靜點，又不是沒看過更可怕的！她對自己加油打氣，重新轉過頭去，那是個被卡住的人，面部朝下所以看不到太多，但有隻手漂浮在水中，已經被吃得挺乾淨的，只剩枯骨，手腕處有個金色的手環沒被沖走，手環上頭有著鈴鐺。

那細微的鈴聲，原來是這裡傳來的。

「上來這裡裝水吧！」她朝下喊著，既然知道這裡有具屍體，就眞的不想在下頭盛水。

再看到那三根刻意插著的樹枝，立於屍首之上……她當然不會覺得這是巧合，這倒插香究竟是什麼記號？還是儀式？爲什麼到處都看得見？

她挪到一旁，先把身上的水壺都裝滿，儘管重量會增加，但水源絕對是最重要的。

叮……鈴聲再度傳來，她眼尾瞟去，水裡那隻手緩緩的抬了起來……或是浮了起來，金色手環閃耀著光芒，都已經腐爛見骨了，卻始終沖不掉的金環啊。

「我不能拿。」厲心棠別過視線，專注的看著眼前盛水的水壺，「對不起。」或許對方希望她幫忙帶什麼下山，但不知道爲什麼……她就是覺得這時候拿這些死者的東西不好。

「嘎——」烏鴉氣急敗壞的叫了起來，甚至起飛的衝向厲心棠。

「啊！」她直覺的伸手擋住，後頭唰地一陣風壓，烏鴉像顆棒球似的，被打飛出去。

小小的血珠濺開，落在了無情的河水裡。

咦？厲心棠回頭，看著小剛拿著拾起的樹枝，將烏鴉不客氣的揮打出去，噗通一聲，烏鴉落進了河水裡，轉眼不見蹤影。

「沒事吧，棠棠？」小剛焦急的蹲下探視。

厲心棠搖搖頭，「我沒事……你……你怎麼這麼衝動！」

「牠在攻擊妳啊，我很怕是那、那個！」小剛說得堅定，「我得保護妳。」

厲心棠不安的看著那染血的樹枝，「我不需要保護的，這種情況先顧自己，你……你離水邊遠一點！」

留意到小剛太靠近水邊了，她眞怕水裡那、個突然間衝出來，拖小剛下水怎麼辦？

她刻意讓大家都在她左手邊盛水，慢上來的老胡幾乎瞬間就知道怎麼回事了，在他眼裡，水裡有個女人，有著一張泡水死白腫脹的臉，正惡狠狠的瞪著厲心棠。

左邊，她指向最左，老胡會怕就離遠些。

「都裝滿吧，怕等等沒水源。」成娟好意的提醒大家。

「等等從這條路下來，跟著我後面走。」厲心棠自然刻意離水遠遠的，「啊，什麼都別問，裝好直接下來。」

爬下三、四顆巨石後，她開始衡量溪的寬度距離，接著開始找堅固的樹幹又開始繫繩、打結、上鎖扣；沐云很快跟了下來，她問要不要幫忙時，其實她根本什麼都不會。

「妳把這幾條繩子同時握好，拉緊，直到繩子平均長。」厲心棠把剛繫好的一把繩子丟給她，又拿出另一條超長的繩子準備。

沐云聞言照做，一邊看向厲心棠腰上一堆鎖扣，之前都扣在外套下，根本沒人知道她帶了這麼多東西。

「妳準備好多物品喔，但我們都沒有……幸好跟對人了。」她嘆口氣。

「因為原訂計畫並不會這麼險峻吧！我只是習慣準備齊全。」厲心棠也是無奈，朝著上方看去，「喂，好了沒？小剛？」

老胡都爬下來了，小剛還在磨蹭什麼？

「來了來了！」小剛一秒出現，「我是在守著大家。」

待小剛到達，厲心棠的繩子已拉妥，也把身上的東西都重新整理過了：諸如外套脫掉、褲子束緊塞進鞋子裡等等，然後要小剛負責拉穩繩子。

「我現在渡河，我同時會牽繩過去，安全到達對岸後會把繩子綁好，你在這裡用力拉住繩子，要把繩子拉成很硬的一條線……像老闆準備掛的橫幅繩一樣，完全不能垂。」

「妳要過去？」成娟驚訝的叫出聲，「這怎麼能過去！妳會掉下去的！」

「別烏鴉嘴啦！我已經很怕了，別鬧！」厲心棠咕噥著抱怨。

沐云連忙打了成娟一下，但她是擔心厲心棠啊！小剛本來想要自告奮勇，但是他要是真的走過去了，還不知道怎麼綁繩咧！

「我應該可以的啦！就……老胡，你可以幫我攔一下上面可能流下來的東西嗎？」厲心棠朝他使著眼色。

她現在只怕，上面有「什麼」會突然衝下來，把她往下游撞去。

老胡聞聲即刻點頭，他找了個樹枝，把身上的兩個護身符纏繞其上，然後擋在厲心棠的面前；這舉動讓大家看得瞠目結舌，背脊一陣涼……靠夭！上面有什麼嗎？

沒事的。厲心棠轉著蕾絲戒，她還有戒指嘛，而且她已經踩得到石塊了，這頭繩子也紮實，她身上也繫好安全繩了，只要重心穩，踩得穩當就可以的。

慢慢走，不急。

說是這樣說，但河水湍急到她幾度站不穩，用盡全身的力氣拉住繩子不讓自己被沖滑開，一步一步，費盡氣力終於才走到對岸！當她爬上石塊時，對岸的同事們都發出歡呼聲。

厲心棠笑得無力，但這一刻的心情確實是愉悅的。

她在這頭繫好繩子後，便讓同事們依序過來。這次老胡不需殿後，因爲剛剛渡河時，其實感到水很乾淨，沒有什麼令人不快的地方，反而可以沖刷掉部分穢氣。

獨獨上頭那個山難者，爲什麼感覺怨氣很重？

終於等到大家都順利過來後，厲心棠又是一收，把主繩收回，這時往上攀爬的繩索也已經架好，向上爬比較吃力，人人又揹很重的背包，沐云提出了讓厲心棠卸下背包先爬上去，等等再單獨運背包的做法。

厲心棠思考後覺得可行，速度會快很多！尤其他們現在每個人都濕透了，身體更加沉重！所以她人先上去，迅速綁好繩索，把所有人都接上來後，再設一個槓桿滑輪，小剛壓後將所有背包運上來，一切都快得許多。

「火！」成娟牙齒都在打顫，指向近處的白煙，「人……」

過來這端後，發現那白煙離他們更近也更明顯，所有人直接朝著白煙的方向奔去，香味逼人，此時此刻，每個人想的其實不是食物，而是火！他們眞的太冷了！

「嘿……嘿！」成娟這時衝得很快，她抓著樹，朝著下方大聲喊了起來，「嘿——」

下頭果然有一票人正在烤火，而且還眞的在烤肉，他們詫異的抬頭，朝他們揮手打招呼。

「嘿！」七人都是男生，體格都很好，愉快的像是一般跟山友打招呼。

成娟跟沐云簡直健步如飛，她們直接往下衝，就急著到裡頭烤火，山友們當然看得出他們一身濕，立即有人跑去添柴，招呼著他們快來烤火取暖。

「這算得救了嗎？」小剛覺得幾分欣慰。

「至少……可以知道方向。」厲心棠這時反而腳軟了，走得很慢，「我覺得要等回到家，我才會覺得眞的沒事了。」

小剛用力按著她的肩，露出欣賞的笑容，「多虧妳了！」

厲心棠搖搖頭，也熱情的朝著山友們招手，成娟跟沐云只差沒撲上火堆了，她們激動得語無倫次，聽得山友們一片混亂，小剛趕緊跑過去打斷她們，一些負面的事還是別講出來比較好。

「還在山裡，就不能大意。」老胡緩步跟上，他也是相當疲憊了，「我希望……花哥他們也能這麼幸運。」

厲心棠聞言，忍不住打了個寒顫，她憂心忡忡的回首看著他們一路走來的足印，沿路都滴著水，剛剛的渡河眞的耗費太多體力了。

「我只希望，他們不要下切河谷。」她喃喃的說著，「他們沒有一個人能應付這種水流的。」

千萬，千萬不要選擇下切啊！

兩個女孩手緊牽著彼此，站在濕濡的大石邊，看著眼前如千軍萬馬般奔騰的水勢，緊張的直發抖。

「能過去嗎？」小莘搖著頭，「這根本站不穩的！」

「走過去對面，就有很多石頭，而且再往上爬就有山洞跟乾燥的地方了！」佳臻其實自己都在發抖，「我看過電視節目，水道本來也是路徑之一的，這是正常的。」

「但水有這麼可怕嗎？」現在她們連水底下有沒有路都瞧不見啊！

她們兩個選擇往下走，眞的覺得是正確的，雖然中間遇到極陡的地方，也曾滑滾下來，但就是些擦傷沒什麼大事！剛剛喝到好甜的水，停下來吃了餅乾後，覺得又有動力往前了。

昨天晚上他們是躲在一個大石頭下睡覺的，根本睡不安穩，冷得要死不說，她們也不會升火，所以今天一定要找個山洞過夜。

她們在高處就看見了！只要到對面去，就有一個天然的遮蔽處，而且再往上爬，便是一望無際的平原，傳聞中可以求救的地方。

「石頭這麼多，沒事的，我們可以扶著石頭走。」佳臻舉起登山杖，「拿這個撐住，去試水的深度，扶好那些石頭跟中間的樹枝走過去，就不會有事的！」

說是這麼說，但她心裡一點兒底氣都沒有。

但是，她今天絕對不要再睡在荒郊野外了！光是聽見一堆動物跑來跑去的聲音就足以把她嚇死，她們兩個都無法好好睡覺。

「太危險了，我覺得我們可以再找別的路，離天黑還有時間。」小莘拉住她，拼命阻止。

她心裡其實很矛盾，她一路都在後悔跟著佳臻走，但又覺得說不定店長他們才是走不出這座山的人，誰走的才是生路？在山裡的他們全部都不知道！

她只想問：爲什麼是他們？那個阿翰爲什麼要害他們？

不，打從一開始，他們是不是就不該跟著黃色雨衣走？

「我先走！」佳臻用力做著深呼吸，不管有沒有做好心理準備，她們都必須橫過這條河。

「佳臻！」小莘死命揪著她。

「我們不能再睡在外面了！再不睡覺，我們連找出路的機會都沒了！」佳臻驀地回以大吼，「妳不要怕，我先走在前面，萬一我出了什麼事，妳……妳就回頭去找店長他們！」

什麼？小莘都傻了，現在叫她回頭去找店長他們？她上哪兒找啊？她根本是路痴，而且大家都分開兩天了！

「妳不能有事！妳不能留下我一個！」小莘尖吼著，突然怒從中來，「我是挺妳的，跟著妳走到這裡，妳絕對不能扔下我！」

佳臻看著同伴，淚水奪眶而出，但是她沒有崩潰，之前有嚮導、有店長、有男生在，她可以撒嬌當公主，可是現在……小莘是仰賴著她的，她的背脊挺得更直了。

確定身上的東西都扣緊後，佳臻鼓起勇氣踏出了第一步。

強勁的水流沖著她的腳，她眞的幾乎就要站不住，連登山杖都拿不穩，趕緊巴住眼前的大石，不敢顯露出過分慌張，還能看向小莘露出笑容安慰她。

沒事的，慢慢來……她把登山杖勾在手上，是眞的不能靠這個了，不如抓住手邊的石頭跟樹枝穩當些對吧？她每一步都走得戰戰兢兢，緩緩踩入水中，完全不知道下一步有多深……

順利的走到中段，小莘也露出笑容，感覺很快就要走完了……佳臻相當謹慎，伸出左腳往下踩，旁邊居然沒有石頭？她前後移動，試圖踩一顆穩當一點的。

鞋尖撈呀撈，她不得不再往下一點，完全沒個落腳點，這一段水也太深了——啊！她終於踢到了石子，只要跨大步一點，就有一個跟現在等高的石頭能踩！

她趕緊踩上，身子又挪高了幾吋。

『痛！』

咦？才要移動的佳臻嚇了一跳，誰在說話？

她攀住石頭小心往河的那岸再挪了幾步，留意著腳下的一切，但她腳踩著那石頭，卻突然動了！

「哇啊！」她嚇得伸手抓住了一旁的漂流樹枝們！

「佳臻！」

佳臻驚恐的往下瞧，趕緊想調整重心，卻發現自己左腳收不回來了！該死，她被卡在石縫中了嗎？

不，她的腳……被一雙手，緊緊的扣住了。

她瞪大雙眼看著河裡的「人」，她的腳竟是踩著一個人的臉，那個人正用忿怒的眼神看著她！

「哇啊……………哇——」佳臻嚇得使勁想抽回腳，右手緊抓著樹枝要抽回身子——啪！

樹枝不敵她掙扎的力道，硬生生被她拔斷。

佳臻瞪大雙眸，感受著自己因爲反作用力而向後仰，她的右手甚至還抓著那拔斷的樹枝，時間彷彿慢速流動般，她還能向右轉過去，看向另一頭放聲尖叫的小莘。

「佳——臻——」

咚！

女孩連同背包，咚的跌進了湍急的河水裡，浪花聲很大，甚至連噗通的聲音都沒聽見，小莘驚恐的衝往河流的方向，只看見佳臻的身體浮出一秒，瞬間又消失，被那急速的河流直往下游沖去。

「啊啊……啊啊——」她崩潰的尖叫著，「佳臻！佳臻！」

回音陣陣，但依然被淹沒在水聲中，小莘幾乎要動不了了，這荒野之中、深山之內，轉眼只剩她一個人……剩下她……

沙……沙沙……對面突然出現了影子，她顫抖抬眼，對面的高處，依序出現了許多人影，他們一個接著一個穿著標準的登山裝備，靜靜看著她。

不不不……她可以看見他們身上破敗的衣服，那些不是人的，不是。

她趕緊站起，腳抖到難以行動，然後看見佳臻剛剛失足的地方，有一隻手啪的自河底伸出，攀住了上頭的樹枝。

「啊啊……不要找我！我沒有傷害誰啊！」小莘尖叫著，轉頭就跑！「爲什麼要跟著我們！爲什麼要害我們！」

她不知道方向，只知道哪邊有路就跑，眼尾隨便瞥都能看見穿著鮮豔服飾的影子彷彿也跟著她在奔跑，噠噠足音就在後面，越來越快、越來越急，她哭喊著尖叫著，終究在慌亂中踢到石子而狼狽摔了出去！

瘦小的身子連同背包一路滾落，這坡段有近五十度，沿路自然都是碎石樹枝與落葉，她一路滾一路擦撞，一直到山谷之下，一處較平坦處才緩了下來。

痛……好痛！小莘狼狽的停下，淚水模糊她的視線，她不明白——她只是來員工旅遊而已啊！

眨了兩下眼，她才意識到，眞的有東西跟在她身後……她緩緩的撐起身子，看著幾公尺外的棕色身軀，長且白的獠牙，鼻孔哼著氣的動物，正踢著前蹄，目光鎖死的盯著她，準備展開攻擊。

山……山豬？

她完全沒有反應，那山豬已經發狂的朝她衝了過來。

「不——哇啊——啊啊啊啊——」

慘叫聲淒厲的迴盪著，但遺憾無人能相救，高處有個臉色慘白的人，已經拾撿起三根樹枝，擺放好中間一支，左右各一，從容的往下走去。

慘叫聲已經停止，下方是一大片鮮血，跟正在大快朵頤的山豬。

所有人看著獨自走下去的黑帽男人，將那三根樹枝，反向倒插在女孩的身邊；同時，在遙遠的下游某處，從河底亦爬出臉色死白的女人，也默默的倒插上三根樹枝，在石縫中卡住的半截身體旁。

第七章 伸出援手

厲心棠煮了幾輪熱水，分給大家後，身體也漸漸烤暖，準備出發，成娟顯得意興闌珊，她眞的是一點都不想動。

「休息太久就會這樣，容易站不起來。」山友朝她伸出手。

成娟沒有撒嬌，乖乖的站起，揹好背包後準備繼續旅程，預計再兩個小時天就黑了，所以大家要趕到紮營點。

「抱歉延誤了你們的行程。」厲心棠再三致歉。

「沒事，我們今晚本來就要在那邊紮營的，只是提早到跟晚到而已，我還很高興遇到你們，至少能幫忙。」戴著橘色帽子的山友叫阿橘，他連外套都是橘色的，「等等到營區也好互相照應。」

這七個都是大學生，非常活潑。

「所以……明天就能回家了嗎？」成娟有氣無力的說著。

「應該沒問題，阿泰去聯繫了，而且你們失蹤這麼多天，搜救隊絕對正在找。」阿橘打開地圖，「我們紮營的地方在這裡，再往上走就是空曠高處，這裡非常適合直昇機吊掛！」

「而且明天白天天氣有機會進行吊掛的。」另一名阿原也附和，「等阿泰回來就知道了，我看氣象是說明天下午天氣才轉差。」

「那……」小剛欲言又止，他實在很怕再出現奇怪的事。

老胡截了他一下，有些事不要提，山友們一般沒事不會去提那些阿飄之事，總覺得這樣容易吸引他們；剛剛他也分別私下跟女孩子們說了，少提那晚的事。

「我們都還有帶泡麵，放心，晚上可以吃一點。」阿橘拍拍厲心棠，要她寬心。

「我食物還夠，給他們吃吧。」她微笑著，心裡總有掛念，「我不知道要怎麼聯繫我其他朋友。」

「這有難度啊，你們連方位都不知道啊！」

「好歹要知道往哪裡走，不然眞的很難找。」阿原搖了搖頭。

黑衣的阿泰回來了，大大的比了個ＯＫ。

「沒問題，約好明早八點吊掛！」他豎起大姆指，「你們都要準備好，接下來幾天天候不是很好，再下去怕直昇機不能飛。」

「放心好了，大家現在歸心似箭！」小剛無奈的說，就算半夜吊掛他們也願意。

「那就好，因爲我們那時應該已經離開了。」阿泰面有難色，「明天我們要上到四千公尺，那段路很操，得提早進行。」

「沒事，我們可以的。」厲心棠趕緊接口，天曉得可不可以！

至少知道可以跟直昇機接觸的地方就好，這種時候，他們的確也只能先顧自己了！店長他們……眞的希望他們可以堅持下去，至少等他們被救援後，再告訴搜救隊他們走散的地方！

「走了喔！山上天黑得很快，天氣變化也很難說，大家要加緊腳步，我們一路走到底，不休息！」帶頭的阿橘發話了，「請大家一定要打起精神跟上！」

好！當然只能好，現在有山友作伴，他們不必瞎子摸象，絕對亦步亦趨。

專業山友腳程當然快，他們眞的必須非常努力的跟著，成娟跟沐云都不敢抱怨，就算走在最後也不敢把距離拉得太開；小剛很想跟在厲心棠身邊，但又被她拜託壓後，照顧成娟她們。

「花哥他們能不能遇上山友呢？」老胡依舊憂心忡忡，「這座山不知道有多少人來攀登？」

「希望可以。」厲心棠眞誠的希望，「我希望大家都能好好的，等便利商店整修好，我們又恢復之前上班的模樣。」

「……」老胡沒有應聲，他苦笑著與厲心棠對視，他們都知道，難了。

因爲老闆只怕已經凶多吉少，最重要的頭兒不在了，景況就會不一樣。

「你覺得爲什麼我們會遇到……那、個？」她小小聲的問著老胡，「你什麼時候發現的？」

「山裡本來就很多，開始登山我就有感覺，可是一般人們都是相安無事，走自己的路就好，根本不太會……這樣遇到大批的那個，甚至還有假的嚮導，針對性很強。」老胡喉頭一緊，突然附耳，「阿翰，應該是五年前知名的失蹤大學生。」

「他自己說的那個吳成翰事件嗎？」厲心棠蹙眉，那時她有看過新聞，不過沒有記下，「我知道他們有三個大學生去爬山，然後就沒有再回來了，到現在也沒被找到。」

老胡點點頭，不時的看著前方的山友，因爲很多人不想談這種不吉利的事，確定他們沒聽見後再小聲的說。

「但是有找到他們的東西，還有倒插的筷子。」

又是筷子！厲心棠略倒抽一口氣，她實在很討厭聽到這種「巧合」。因爲從入山到現在，她已經看到太多這種記號了，「用筷子或樹枝我就算了，但別忘了我們看過眞正的倒插香，那就不太對吧？」

老胡點點頭，嚴肅的皺起眉心，「那不是正常的宗教模式，誰會倒插香？」詛咒？還是惡魔？厲心棠在店裡倒是沒少看過，卻沒見過這類符號。失蹤的學生，在山裡迷了路，苦等救援與求生之際，爲什麼最後會擺出倒插筷子的陣勢？代表倒插香嗎？

這眞的很詭異，他要祈求逃出生天，就算把筷子當成香，爲什麼要倒插的模式去祈禱？一般都是正常的拜拜啊。

身邊能見度開始變低，厲心棠留意到遠處的白霧降下，濃霧開始籠罩了！她拍拍老胡注意腳下，回頭看向成娟她們。

「起霧了喔！大家注意，有燈的開燈！」前頭傳來吆喝聲，一個傳一個。

厲心棠的帽子上本來就有繫簡易頭燈，直接開啓，雙手都還能用登山杖，但其他人就眞的是手持手電筒照明；山裡的霧氣很大，而且籠罩到伸手不見五指只需要幾秒鐘。

他們現在走的路段沒有什麼樹，一邊山壁一邊斷崖，大家紛紛靠右走，免得不小心滑下去。

「跟上！跟上！」小剛的聲音在後頭有點焦慮，因爲眞的都看不見，只能依賴著自己的頭燈。

厲心棠也加快腳步，偏偏他們前面的山友衣服都是暗色的，變得很難跟，阿橘走在最前面，他的外套最亮，可是這種距離根本看不見！她反手在背包上又按下另一個燈的開關，這簡直讓後頭的同事欣喜若狂，誰都沒想到厲心棠還有另一盞燈。

「跟著我走喔！」她喊著，她背包上繫著備用頭燈，就是以防這個頭燈壞掉時用的，現在剛好可以當引路燈。

「謝謝！」老胡真的是由衷感謝。

腳程快的厲心棠負責緊跟前方的山友，霧濃到連頭燈都變得模糊，濕氣重到讓她一直流鼻水，她索性把口罩戴起來，不想讓太多外力影響到自己。

「這個霧會一直持續嗎？」她朝著前方問，聊天可以使他們慢下腳步嗎？但沒有人回她，厲心棠只感受到被拉開的距離，她已經到了必須小跑步才能追上的狀況。

雖然這要求有點過分，但是她覺得這樣的窄路趕起來太危險了！她拿登山杖往旁測，左邊的才伸出去幾乎就刺空了，這條路居然縮到這麼窄，幾乎只剩一人通──叮。

咦！厲心棠戛然止步，那是什麼聲音？鈴聲？

緊接著，她一直揣在懷裡的無線電，居然傳出了沙沙聲響：

「停……停下。」

亮亮？他在附近嗎？厲心棠謹慎的蹲低身子，後方的老胡注意到燈突然降低高度，也跟著緩下腳步，「大家小心，減速喔！要看路！」

厲心棠拿起登山杖往前亂掃，一下就敲到了一點都不意外的東西。

倒插香。

「馬的，有完沒完……」她緩緩抬首，前方一片濃霧，別說人影了，連他們的燈都瞧不見了。

不會的不會的，她這麼告訴自己，用登山杖撐起身子，向右扶著山壁，緩緩的後退。

「棠棠？」追上的老胡突地一個冷顫，在眼前的白霧當中，他看到了黑壓壓的人群。

「退後！叫大家退後！」厲心棠一邊後退，同時冷靜的說著，「但小心腳下，路可能已經變得非常窄，一定要看清楚！」

老胡二話不說即刻回身，朝著成娟她們推著，「路很窄、要照明，快點後退，往回走，但別摔下去！」

「咦？」沐云一陣莫名其妙。

「不要慌，快走就是了！」老胡喊著，但其實邊說話還邊推著成娟的背包。

成娟回首望著遠處的燈，「可是棠棠？棠棠！」

「我們要先走，她才有距離跑！」老胡催促著大家。

厲心棠其實沒動，她就站在原地，聽著前方腳步聲折返，在濃霧中總算看見山友的布鞋，來到自己面前。

「你們怎麼了？」是阿原的聲音，「我一回頭你們不見了！快點吧！這裡啊！」

藍色的登山杖揮動著，頭燈就在眼前，厲心棠看著矇矓的阿原，腦海裡卻浮現阿翰的聲音。

「第二個事件，是K大登山社，八名同學前去登七雲山，只有一名走出來，其餘七人失蹤，後來的學弟妹們有人見過穿著橘色外套的社長，也有人好像看到學長們依舊組隊前行……」厲心棠緩緩舉起自己的登山杖往前一指，「五年前的事，我看過這個新聞，你的登山杖上，還繫著K大的名條。」

『一起留在山裡吧！』迎面衝來一張駭人的腐爛臉龐，伸長了手要拉住厲心棠。

她即刻將登山杖往前揮出，手一滑，整根登山杖竟飛了出去，幾秒後她聽見向下墜落的聲音，她前方就是斷崖嗎？

如果她剛剛繼續往前，只怕就已經掉下去了！

厲心棠瘋狂的回頭奔跑，剛剛嘴上還說要小心腳下的她，現在只知道貼著山壁狂奔，僅存的一根登山杖挪到右手，隨時準備要反擊！

『山很美吧！留下來吧！』倏忽人影與她並肩，就跑在她的右手邊，那應該是斷崖的半空中，『一起登山吧！』

「我沒有說很美！你們自己去！」她尖聲回著，不敢正視著他們，只能用眼尾餘光瞧著這一票登山社的成員在她身邊殷殷呼喚。

『你們走不掉的！進來了哪有這麼容易走！』阿橘鮮豔的衣服映入眼簾，『你們的朋友都留下來了，妳捨得走嗎？』

什麼!?厲心棠聽出這句話的弦外之音，有人留下來了？誰出事了？有人已經被山收走了嗎？

『一起走吧！』

電光石火間，左手撫著的山壁突然衝出一張臉，嚇得厲心棠下意識的往右閃跳，「哇呀——」

這一跳，她的右腳直接踩滑在崖邊，直接摔下去了！

登山杖猛然被一股力量拉住，使勁朝上拽，厲心棠感受到身體被拉拽上去，急忙用腳跟身體踩住地面，至少不讓自己往下掉。

「女孩子說不要，就是不要。」

男人的聲音略低且帶有不悅，如沙子般的東西灑向空中也落在了厲心棠身上，她的臉被一堆細沙般的東西打在臉上，伸手一抹，鹹鹹的？

來人扣著她的身體直接往上拉，她緊緊抓著對方的衣服，連鬆手都不敢。

驚恐的回頭望去時，才發現這條路窄小到僅有一人能行，而且她剛剛滑落的地方，又早已崩壞了一角，所以變得更危險！此時天色突然比剛剛亮了許多，甚至那伸手不見五指的霧也在眨眼間消散。

這才看清楚這可怕的山路，也看到了腳邊那崩壞之處，竟也倒插了三根樹枝。

「又是倒插啊，這挺邪門的。」闕擎看著地面上的樹枝。

同事們都在後頭寬廣區安然無恙，但小剛看著那全身黑色裝束的男人背影，心裡頭有一百萬個不爽。

「棠棠的男朋友嗎？很帥耶！」成娟跟沐云在交頭接耳，「有種神祕感。」

「她不是說沒男友嗎？」老胡還記得眞心話大冒險。

厲心棠正首看向闕擎，什麼話都沒說，只有眼淚撲簌簌的掉。

然後哇啦的緊緊勾住他的頸子，撲進他的懷裡。

「闕擎！」

那票山友應該是K大失蹤的學生們，山友是假、聯繫是假、吊掛是假，總之在山谷裡遇到他們開始，全是假的。

目的是帶著他們，往崖裡跳。

厲心棠俐落的搭好帳篷，再從闕擎的背包裡取出需要的物品，她突然看見了背包上的名牌，「亮亮」兩個字讓她心涼了半截；她剛剛拿出了無線電，早已沒電，根本不可能發出聲音，但剛剛在某個瞬間，她眞的聽見有人叫她停下的聲音。

大家的背包都是亮亮安排的，但他的背包何以會在闕擎背上？

回頭望去，闕擎正在附近倒鹽巴，他帶了不少鹽，直接用鹽框出一個區塊，讓大家在這範圍內紮營。

「用鹽巴啊，好厲害喔！」老胡忍不住讚嘆，「簡單直接的避邪法。」

「我網購的東西還沒來，我也不太會操作複雜的，朋友跟我說鹽巴好用，我就揹了幾包來。」闕擎對老胡態度很好，大概同是天涯淪落人，相逢何必曾相識吧！畢竟都是飽受亡靈騷擾的人嘛。

「不過還是要省著用，因爲我們不知道會待在山裡多久。」老胡嘆口氣，起身幫忙留意鹽圈範圍內的物品。

他們沒找山洞，找了一個平坦的地方落腳，除了闕擎身上有帳篷外，所有人的帳篷都已經丟失，不過厲心棠有帶天幕，所謂天幕就是一大塊布，搭配營繩跟營杖，能組合成各式各樣的遮蔽處；一般都使用登山杖當營柱，小剛的是伸縮登山杖最長，於是使用他的登山杖架在前後，天幕一蓋，就是一個簡單的長條三角型，裡頭地墊一鋪，便立即有個能蔽雨擋風的地方。

雖說這三角區塊前後是空的，但設立時背靠石塊，這樣就只剩一個出入口，睡覺時再蓋上布或是衣服便能充當門了。

小剛在中間升火，用簡單的石頭堆出一個爐，柴火擱在中間，如此就能在上面煮水或是熱湯，亮亮的背包裡有簡單的鍋具，所以正在煮泡麵吃。

「我們……下午吃的烤肉……」成娟在發抖，她想到就反胃。

「那就是眞的烤肉，林子裡的動物。」老胡走過女孩身邊時出聲，「我沒看出什麼問題，放心好了。」

「咦？眞的嗎？」兩個女孩用閃閃發光的眼睛看著他。

「嗯，騙妳們幹嘛，我也吃了。」老胡走到三角帳的尾端，「妳們東西要小心，一定要在鹽圈裡，不要把鹽弄散了。」

女孩們趕緊起身去把背包跟東西再往內挪了點，「沒問題！」

沐云看向這鹽圈，眞的沒想到鹽巴避邪這麼簡單的事，大家都沒注意，她看著收起鹽走回帳篷邊的闕擎，這個帥哥的裝備也很專業啊。

「這是我們嚮導的背包。」

剛把鹽封好放入，厲心棠就湊近他問，闕擎嗯了聲，「我沒說是我的。」

「他……」厲心棠話沒問完，闕擎就眨了眼代表肯定答案，「我就知道，只有他嗎？」

「我只看到他，還有別人啊？」闕擎搖了搖頭，「他背包可重了，應該不少好東西可以用。」

「很夠用了，鍋給他們煮，食物也拿一點出來給大家充飢，我自己有帶爐子，我想自己煮。」厲心棠看著他，「你去幫我撿些乾柴好嗎？」

闕擎瞅著她，「分開？」

厲心棠遲疑數秒，眼神複雜的點點頭，「分開。」

闕擎笑了起來，喃喃說著有意思有意思，眞的起身去幫她找柴火，厲心棠打開自己背包，取出了登山爐，簡單四片金屬就能組成一個爐，蠟燭跟酒精膏她都有帶，不過現場有柴火就先用柴燒。

她也帶了泡麵，跟闕擎一起吃沒問題的。

小剛回頭看著厲心棠，心裡挺不是滋味的，他不懂，那個男的爲什麼會來。

「棠棠啊……那個人是誰？」沐云頗感興趣的問了。

「我朋友。」厲心棠淡淡的回著。

「他是剛好來登山嗎？還是……」成娟也一臉八卦樣。

「應該……是來找我的。」厲心棠嘴角掩不住笑，她當然知道，闕擎是進來找她的，「啊不過你們不要想歪，應該是我叔叔他們逼他來的！」

拉彌亞、叔叔、雅姐，說不定連小狼都出動了！又半脅迫闕擎進山救她吧！

這時就會明白闕擎討厭她的原因，因爲家人們有時眞的太OVER。

「所以他不但進山、還能找到妳，這也太厲害了吧！」成娟覺得不可思議，「我們都找不到出去的路，他卻可以找到我們？這怎麼辦到的？」

「這樣他是不是也能帶我們出去？」沐云跟著想到了關鍵。

「咦？對啊，他是怎麼找到我的？」厲心棠這才想到，這麼大一座山，他又不是專業人士，如何能準確尋獲她？

難道闕擎也是登山能手？不不不，不像啊！

闕擎捧著一小把柴火走來，「我不知道怎麼出去，跟你們一樣，所以別想了。」

「可是……」

「我找到她是意外，而且繞得我頭都暈了，現在也是必須一起想想該怎麼離開。」柴火扔到厲心棠身邊，她開始點燃。

他不認爲那位亮亮還會領著他們離開，因爲找到厲心棠後，他就消失了，可能害怕不符合其他「山友」的期待。

「棠棠？妳在煮東西嗎？」老胡注意到她的爐子，「我們泡麵快好了耶！」

「那些剛好夠你們吃，我自己有準備，不然份量不夠的。」厲心棠婉轉的說著，「我跟他一起吃。」

「妳會煮嗎？」闕擎挑高了眉。

「泡麵誰不會啊！」她嘖了聲，放上可煮的便當盒，「那你顧爐子我要來煮水。」

小剛又偷偷的回頭，實在是酸死了！連吃都要跟他們分開嗎？老胡到他面前坐下，無奈的笑了笑，「麵吃下去會幸福很多喔！」

「嗄？」小剛正首，笑不太出來。

「不是你的就不要強求啦，人家都爲了棠棠衝進這個山裡。」老胡淺淺笑著。

「他說是被逼的。」

「有人逼你，你來嗎？」老胡倒是一語中的，是啊，這種不是去巷口買個東西這麼簡單。

是到危險的高山裡、冒著山難風險找一個人啊。

麵一煮好，他們四個便先聚在一起吃，沐云吆喝著厲心棠他們可先吃這邊的，但她笑著婉拒，很明顯的要與他們區隔開來。

「妳有點奇怪喔，平常一定是大家一起啊。」闕擎刻意挪到背對著小剛他們，好遮去厲心棠的視線。

順便遮掉那個叫小剛的視線。

「我覺得……這種時候留個心眼比較好。」她有點爲難，「像天幕跟地墊是我的，緊要關頭時，我還是會留著自己用。」

爐具鍋具也是一樣，她想要分開些，避免她的東西，變成大家專用，最後反而她自己吃不上飯、或使用不到就冤了；若不是闕擎剛好揹著亮亮的包來，這頓飯跟住，只怕會變得有點難處理。

「變世故了喔，厲……棠棠？」闕擎讚許的一笑，「沒什麼危險時互幫互助還行，生死關頭的確要多為自己想一點。」

「我平時不會這樣的，但是……」她越過闕擎往後瞧，欲言又止，「上次小樊的事情，我還是學到了一些，才八歲的天真孩子卻利用孩子的樣子欺騙大人，我或許不能再這麼相信人。」

「嗯哼。」這兩個字，闕擎絕對是用鼻孔發的。

想當初，這傢伙還衝著他發脾氣，覺得像小樊那種小孩子，他怎麼能下狠手。

「哎唷！」厲心棠咬著唇，低下了頭，「對不起嘛！」

「不必，我受不起，等會兒你家那些又以為我欺負妳了。」闕擎重重嘆了口氣，感受著從四面八方投來的扎人眼神，「妳要不要跟我說一下，這一個禮拜發生的事？」

厲心棠手上的泡麵差點沒滑掉。

「一個禮拜？」

「嗯，嚴格說起來今天是第八天了。」闕摯拾起泡麵袋，「你們可以這麼活蹦亂跳，我也挺驚訝的。」

這聲音讓下面正狂吃泡麵、正感到幸福的四個人頓時都傻了。

八天？

「今天不是才第四天嗎？」老胡愣愣的站了起來，「第一天晚上搭營大雨睡山洞，第二天迷路我們分散，第三天大家躲在石頭下睡覺，今天第四天……」

闕摯慵懶的朝左後回首看著他們，左手豎起的食指左右搖晃著，NO、NO、NO。這回昨眞的讓成娟抽口氣，好性感啊！

「我進山時都已經超過三天了，各位，今天是第八天晚上。」

在樹上睡了一晚後，花哥實在腰酸背痛，但昨天遇到山豬攻擊，只能往樹上躲，這樣睡得也不安穩，所以他們就決定找棵大樹睡了；在背包裡找到繩子，將自己固定在樹上，哆嗦著睡了一晚。

麵包所剩無幾，再下去就要吃泡麵了，食物保守吃還夠，花哥甚至打算有機會獵動物來吃吃……如果獵得到的話。

中途遇到溪水就裝水，這時就會想著不知道佳臻她們怎麼了。

「我們還要再往上走嗎？」店長看起來非常疲憊。

「還沒到更空曠的地方！我想要那種很大片、直昇機可以停的地方，我們還可以在地面上擺個ＳＯＳ記號。」花哥拍拍他，「你是怎樣？不舒服嗎？」

店長說不太出來，又是覺得身子發冷，「還好。」

看起來不好啊！花哥留意到前方有個大石頭，立刻把店長拉到那邊去休息。

「我的天哪！你在發燒！」碰到店長時，高溫透過手心傳來，「眞的，你在發燒耶！」

「沒事的，我還行。」

「別逞強，我又不是老闆……可能太冷又濕，感冒了！」花哥沉吟著，「這樣，我上去查看一圈，我覺得應該是快到了，如果不行我們就直接先找地方睡覺，不要再耗費體力移動。」

「我……」店長想說什麼，但有氣無力。

花哥沒多話，他拍拍店長讓他待在原地，他趕緊繼續向上走去，按照地圖，他們上方應該有個大平原！現在就剩他跟店長，店長平時雖有點嚴肅，又仗著跟老闆相熟是有點不討喜，但說穿了都只是職業的偏見罷了。

今天如果他也只是員工，大家也不會這麼不喜歡他，但是出事時都還是靠店長扛責任啊！這幾天他也很盡力的想帶領大家，只是跑出一個大夜的厲心棠，野外求生知識豐富，熟練得多。

他也會，只是恐怕沒那女孩這麼熟稔。

老胡如果跟著厲心棠應該會沒事吧？他早先就留意到她帶了很多鎖扣，背包也比一般人重，而且跟他一樣，許多東西是自備的，而且連續兩晚的棄營，她根本沒打開睡袋過，始終處於高機動性。

他們兩個應該都有多帶點預防萬一的東西，像肉罐頭跟高糖度的物品，今晚就升火煮給店長吃吧，他需要休息跟補充營養，這樣才能撐下去。

他其實不想去思考負面的事，但登山忌諱下切河谷，尤其是這座七雲山，山勢極為陡峭，下切河谷更陡，往往下去就上不來，更別說前幾天那場大雨，河水不爆漲才怪。

但他不能為其他人的生命負責，現在他也不知道選這條路是對還是錯，萬一讓女孩們跟著一起走，最後大家卻都死在山裡，佳臻她們臨死前還要怪他拖累，豈不冤枉？

就希望，大家都沒事吧。

魍魎鬼魅的事他不想管，遇到就遇到了！但玄就玄在這兒，山裡的鬼還會少嗎？為什麼他們會遇上？

只是現在的他們，就算沒有遇到鬼，能活下去都得賭運氣了。

「嘿……喝！」抓著大樹使勁爬上一個極大的落差，立即迎上強勁的風。

花哥愣了幾秒，頓時喜出望外的衝出去——一大片平地就在眼前，他們在這一區塊的制高點了！這兒幾乎沒有樹！

「YES！YES！我們找到了！找到了！」

「欸？」店長回過頭去，聽見歡呼聲，「到了嗎？」

「到了！」花哥興高采烈的衝了下來，「快點！就在上面，爬上去就是制高點了！」

「太好了！太好了！」店長頓時燃起希望，「等等我來排ＳＯＳ！」

「沒問題！」

店長瞬間都不累了，興奮的跟著花哥身後走，這段路的確又高又陡，許多地方都得攀著樹木或石頭才能往上，但一想到終於找到寬闊的平台，終於有機會等待救援時，他就一點都不嫌累！

終於，他來到了寬廣的平台，看見了一望無際的壯麗山景。

「哇……」店長激動的往前，海拔越高，景色越美，這景色比他一路走來所見的都勝出太多！

朝旁看去，主峰山頂還在遙遠的地方，他記得的是四千多公尺。

「壯觀吧！」花哥走了過來，喜悅的一起看向遠方。

「太美了！」店長由衷的讚嘆。

「如果能攻頂，那更是美不勝收，有種世界就在我腳下的快感。」花哥從背包側邊抽出一個袋子，再從口袋裡拿出打火機。

「別鬧了，來到這裡都快要我半條命了，還攻頂？」店長失聲而笑，「怎樣？別告訴我你因為這次愛上登山了，要挑戰攻頂？」

花哥笑了起來，從袋子裡抽出三炷香，然後點了起來。

店長的笑容僵在嘴角……這是……香？

「說什麼，我早就攻頂過了！那豈是一個爽字了得！」花哥舉起點燃的香，朝著空中拜了拜。

看著那熟悉的三炷香，店長突然興起一陣惡寒。

「花……花哥？」店長緊張的看著他，「你……你這是在做什麼？」

「你知道我登頂後走到這兒，覺得實在太美了，所以在這裡拍了很多照……噢，那時這裡都是雪。」花哥回頭看向店長，「然後我就滑下去了……」

他衝著店長綻開笑顏，帽子裡突然鮮血如注，像下雨一般從顱頂冒出，流遍了他整張臉，下一秒花哥握住三炷香，狠狠的蹲下身，倒插入土！

『我不想一直留在山裡！我不要——』

地面忽地一震盪，店長一時不穩，他趕緊用登山杖撐住地面之際，那個滿臉是血的花哥毫不客氣的直接衝過來，將他狠狠撞開！

「哇……哇……」店長毫無招架之力，瞬間跌倒，直接向前滾去，「不……不——花哥——花哥——」

第八章 亡者環伺

十點，山裡的夜感覺非常的漫長，即便四周的蟲鳴唧唧、水鹿噠噠，反而都讓人更心安一點。

由於前幾日的睡不安穩，所以即便擠在天幕裡，同事們還是很快的睡去，男士們排班輪值夜班，老胡將大家的背包堵在前門那空缺的三角處，充當一扇門，倒也安心。

闕擎値第一輪夜班，眼前的小登山爐燒著熱水，海拔越高越冷，但他似乎比一般人要不怕冷些；厲心棠睡在亮亮的單人帳內，隔著門口紗網向外看，一雙眼仍舊晶亮晶亮的。

「還不睡？」背對著她的闕擎彷彿知道她醒著。

「謝謝你。」厲心棠軟軟的說著，「雖然我知道又造成你的麻煩，拉彌亞還是德古拉一定又逼你進來找我，但還是謝謝你。」

闕擎略嘆口氣，白煙自口中逸出，「是我自己進來的，沒人逼我來。」

咦？厲心棠愣住了，右手肘半撐身體，「你自己……」為什麼？

「就當我腦子有問題，反正這是我自己找的麻煩，跟妳家那屋子妖魔鬼怪無關。」闕擎微低首，「反正進來後也很難出去，當然怎樣也得找到妳，才不算虧。」

厲心棠看著他，小嘴圓張，淚水啪噠就掉了下來，「……我好感動喔……你知道這有多危險嗎？就算沒有那些亡者，我們一旦在山裡迷路，就不知道能不能活著出去了……」

「嗯……我是有點後悔啦！而且妳好像也不怎麼需要幫忙！」闕擎挪移了位子，讓自己變成半面向帳篷裡，「我聽老胡說，妳野外求生技巧一流。」

「大家都有教我，叔叔也帶我登山啊……」厲心棠坐了起來，「在家自學可沒大家想得輕鬆……」

他們隔著帳篷中間那灰色的網狀隔層說話，厲心棠看著闕擎那漂亮的半側臉，一顆心咚咚咚咚的跳著，既溫暖又難受。

山難之所以可怕，就是在於山勢險峻、幅員遼闊，位子不明才難以脫身，而他卻願意爲了她涉險。

爲什麼？

「我有下載登山者專用的地圖，我覺得明天可以前往避難山屋，至少可以擋風遮雨，而且那邊絕對能聯繫外界。」闕擎已經研究過了。

「下載……嗯哼。」厲心棠嘟嚷著，「我就知道你有手機！」

闕擎敷衍一笑，「不與人聯絡的手機。剛說的山屋，我們從這裡走過去，最慢兩天內能走到。」

「山屋……對啊，總是有這些避難點的！有人經營的嗎？」

「沒，這個應該是無人管理的避難山屋。」兩天啊！食物是足夠的，裝備目前也還齊全，唯一怕的是惡鬼侵襲，還有……厲心棠略沉下眼眸。

「你怎麼找到我的？實話。」她壓低聲音，「這麼大座山，又被惡鬼盯上的我們，你不可能這麼輕易找到。」

「有人很敬業。」闕擎暗暗指向了擱在帳篷外的亮亮背包，「幫我補裝備還帶路，但找到妳之後我就看不見他了。」

亮亮？厲心棠揪緊衣服，「他……已經……」

「都開始爛了。」闕擎點點頭，「所以絕對不是你們以爲的三、四天。」

果然亮亮那天就出事了，所以阿翰才能替補，阿翰是三個失蹤的學生之一。而下午那群人是K大登山社，所有失蹤的人們，都在這座山出不去，卻要拖著更多人留下來。

「上次那個唐家姐弟有說可以賣我們一些東西，我沒敢買，你呢？進來前有拜託他們幫忙嗎？」厲心棠還沒忘記她攜帶的名片。

「就還沒到貨啊，但我也沒準備多少，鹽巴就是唐小弟跟我說的。」闕擎無奈的笑笑，「一聽見山他們就拒接，他們說山的事他們不介入，這裡有這兒的世界跟規矩。」

「跟叔叔說的一樣啊……」厲心棠眼眸低垂，「他們都不希望我來登山，但是你說，人人都來登山，又不是人人都會失蹤對吧？哪有這麼倒楣的事？」

「這種事本來就很難說，每個登山的人也不會認爲自己會出事，但失蹤者還是這麼多……」闕擎仰頭望著星空，「這大概要看緣份吧？山喜歡你，就會留下你。」

厲心棠無辜的皺起眉，「我不希望他喜歡我。」

闕擎難得笑了起來，看著帳篷裡的傢伙，他們全部都被喜歡上了，沒注意到嗎？他重新仰著頭，山裡其實是挺好的，看看這無光害的星空，多靜寂多美好，眼前只見滿天星斗，就像是最廣闊的天花板。

以天爲蓋，以地爲輿，這是他最嚮往的生活……嗯，手上的指南針突然停下，指向了外圍，而且不停移動，像是指著各種地方，看來又有訪客了。

闕擎朝鹽圈外瞥了眼，「待著。」他突然警告厲心棠，抓起登山杖就起身。

人影一個個竄出，全副武裝的山友們自黑暗中現身，他們在林間、在草邊，像是風塵僕僕才趕到這兒的登山小隊似的，朝著他們這兒聚集。

「好冷啊！」一個中年男子走了近，「能烤個火嗎？」

「歡迎。」闕擎看著他逼近鹽圈，指向自己身旁火堆，如果進得來的話。

他冷靜的望著後頭一個個走來的山友們，開始在地上畫起跟唐家大姐買來的陣法，多加一層防護好了，心安用。

山友一臉疲憊削瘦，身上的裝備都擦破了，看上去有些年代，也不知道是哪個年代的失蹤者，但衣著感覺相當古老，不是近幾年流行的款。

「謝謝！」他和藹的笑著，卻在要跨進來時，被那圈鹽圈擋住了。

山友笑容立即收起，他彷彿撞上了一堵無形的牆，瞪著地上的鹽圈，既然被識破，其他山友也不裝了，試圖從其他地方踏入，但也全部被鹽擋在外頭；裡頭的闕擎沒閒著，他正忙著畫著陣，補強所有不夠深的地方。

「闕擎？」天幕裡，傳來顫抖的聲音，是老胡。

「不准出來。」闕擎在天幕尾端警告著。

老胡回頭看，其他同事都已經睡到天邊去了，他戰戰兢兢的自背包縫隙往外看，看見一個個或腐爛、或乾屍、或摔得頭破血流的可怕亡者，正發狂似的撞擊空氣。

到底有多少個啊!?光是自天幕門口往外看，就有十數個了，爲什麼非得要害他們!?

地上的鹽圈漸漸變黑，竟也銷融，一個木乃伊化的山友每撞一次就劇痛嘶吼，但隨著他的每次撞擊，鹽圈也一點點變窄。

然後，山友們紛紛排隊，開始針對這個缺口輪番上陣，被傷害被腐蝕都無所謂，他們就想要一個入口。

『我們只是想烤點火，山中怎麼可以不互幫互助呢！』一個女人怒吼著，她半邊身體都破碎了，身上還有利爪的痕跡，看起來是遇到熊了嗎？

拉鍊聲響，闕擎怔了幾秒，厲心棠鑽出帳篷外，從背包裡取出了鹽，趕緊來到了那缺口前，現在衝撞的是個手腳都扭曲的男生，看起來摔得不輕。

『我想回家！』他見到厲心棠就開始哭，『我又餓又冷，我只是想回家！』

「我也想回家啊！」厲心棠打開了鹽，「你們不能強留別人下來，即使這樣你們還是回不了家的！」

『誰說的！』後面一個男人驀地咆哮，『你們留下，我們就能回家！』

什麼！？厲心棠一時錯愕，闕擎這時走出，擋下了她要加強鹽圈的動作！她嚇了一跳，地上的鹽圈剩不到一公分寬了耶！

「我想驗驗貨，這陣是那位唐家大姐教的，跟我說保證有效，百鬼不侵。」

他拉著厲心棠退後，「妳喔，走過來時又踩到了一些圖，站著不許動！」

「唔……對不起。」厲心棠僵硬的站在原地，闕擎趕緊把她一路走來的地方都補強。

「百鬼不侵結果一晚上來這麼多客人，我得驗貨，等等如果沒效，記得倒鹽。」闕擎遠在帳篷那邊唸著。

「嗄？沒效的話……」厲心棠趕緊先倒一把在手心裡，要是等這些亡魂衝破鹽圈，她再倒鹽哪來得及啦！

當然是先灑，逼退他們，再把圈給圓上。

就在這恍神的一秒內，鹽圈全數變黑，一個高壯的山友直接衝進來了！

哇啊啊！厲心棠抓著鹽，準備丟出去的瞬間，惡鬼腳下的地竟然瞬間血紅一片，然後他就……掉下去了？

掉、下、去、了！

『噫——』後頭的山友嚇得措手不及，一隻腳滑進裡頭，地上的紅血像是黏液一般迅速攀上他的身體，然後厲心棠看不懂是他被拖進去，還是土地變成流沙。

總之，第二位山友也掉下去了。

而掉下去的土地會在眨眼間恢復正常，如果不是曾有紅光她甚至不覺得這塊土地有什麼問題。

山友們簡直是飛快的逃難消失，連一點聲音都沒有，不管是要借火還是要借宿的，在厲心棠錯愕抬頭時，已經一個都不剩了。

這一切發生在幾秒內。

「哇喔！」連闕擎都僵在原地，唐家大姐到底是賣給他什麼啊!?

這股強烈的惡寒，比之前面對厲鬼時還要令人恐懼咧！

他緩緩走來，拿過厲心棠手中的鹽，重新把黑掉的鹽圈補上，自己都不敢站到那陣法的邊緣，深怕等等掉下去的會是他自己。

「那是……」

「我不知道。」闕擎立即回答，「但還挺有效的！」

厲心棠緊皺起眉，要不是老胡他們在睡覺，她都要尖叫了——這什麼東西啦？

太危險了吧！那……那……她激動的用氣音喊著，捲起袖子，汗毛直豎，那是比惡鬼還要可怕的東西吧！

闕擎讓她先回帳篷去，蹲到天幕外低聲交代老胡他們安心睡，不必起來輪值了。

「什麼？不必？」老胡剛剛沒敢看外面，但是他的確聽見惡鬼的慘叫聲。

「完全不必，好好睡，保證一覺到天明。」闕擎拍拍天幕，接著也走回帳篷外。

是嗎？老胡既緊張卻又覺得敬佩，棠棠的朋友好像也很厲害，還是鹽巴特別？聽起來那些山友似乎無法越雷池一步了？

終於……終於可以好好睡一覺了嗎？

「太扯了，那種東西可以用嗎？」厲心棠抓著闕擎坐下來，「太邪門了吧？我以爲他們姐弟倆是正派的……驅鬼？」

「嗯，他們的確是驅鬼的，不過好像沒強調過自己很正派。」闕擎婉轉的說著，「妳看唐小姐，她那把刀就一點都不正啊。」

哎呀，厲心棠又打了個寒顫，想起唐家大姐的那柄黑色大刀，全身又起雞皮疙瘩了，爲什麼這麼多可怕的事？

「睡覺吧！」她扯扯闕擎，「擠一下我可以的。」

雖然是單人帳，但側身睡要擠兩個人還是行的。

闕擎不可思議的看著拉著他袖角的厲心棠，這傢伙在說什麼自己知道嗎？他不是介意跟女孩子擠一張單人帳篷，而是介意跟她。

「我睡外面就可以了。」他伸手撥掉她的拉扯，「妳快閉嘴，滾進去睡。」

「咦？太冷了！還是我睡——」厲心棠才在講，闕擎一把把她推進帳篷裡，「哎！」

她咬著手掌沒大叫出聲，上半身被推著不穩的摔進帳篷裡，一回身不爽的瞪著他想質問：你在幹嘛？

「我待過更冷的地方，這小意思。」他抓過另一件外套，往自己身上蓋，「我這幾天也很累，拜託不要吵。」

厲心棠沒有繼續說服，闕擎就是這個樣子，他說不要就是不要，多說無益。她終於鑽進睡袋中，悶悶的說，「你還沒去過雪女的房間呢，哼。」

闕擎冷冷一笑，帶著點嗤之以鼻，感受著黑暗遠方林間，那一對對帶著恐懼、忿怒與渴望的視線，亡靈還在，只是懼於靠近，但依舊覬覦。

「心冷比身體冷更來得扎人。」他喃喃說著，但厲心棠已經聽不見了。

眼皮沉重的漸漸闔上，雖然這陣法的來歷有點可怕，但今晚他們每個人都會感謝這個陣。

十一點，萬籟俱寂，勻稱的呼吸在這小小的營地中展開。

唯有天幕裡睡在最裡頭的小剛慢慢睜開眼皮，他，真的很討厭那個男人！

嘎嘎……烏鴉們在空中飛舞，愉快的叼出了柔軟的眼球後，展翅飛翔，血絲還飄了幾滴在空中；河邊的烏鴉紛紛聚集，這裡有新鮮的食物可供大快朵頤，使勁嘶咬下手背上的肉條，嚼得芳香。

而在更高海拔的地方，清晨六點已經活力無限，充足的睡眠往往不在時間長短，而在於品質；一夜好眠後，大家早早便醒了，雖然絕大部分原因是被凌晨的低溫給冷醒，但也的確補眠成功，精神奕奕。

小剛很早就起來拾撿乾柴，再次升火，大家要煮熱水要吃早餐都方便；他起來時看向了在他們後方高半公尺大石上的闕擎，他與厲心棠睡得正熟，小剛越看是越不平衡。

「棠棠！我把天幕折好了。」沐云貼心的將大塊布與地墊折得妥當，收進專用收納袋中，「放我這裡吧，妳揹的東西夠多了。」

「不必啦！給我就好了。」厲心棠飛快的朝沐云走去，伸手要拿過東西。

「沒關係啦！妳都多揹這麼多裝備了，要不是有妳帶這個，我們都沒帳篷可以遮擋風雨了！」沐云連忙拒絕，「幫妳分擔是應該的，這布也才多重？」

「對啊，我們這次多虧妳準備了求生道具，沒理由都放在妳身上。」成娟也說得理所當然，「只要能幫忙的，都給我們分攤！」

厲心棠笑了笑，但溫柔的伸手握住收納袋，「我自己帶沒關係，這本來就是裝備之一。」

「哎唷！」沐云再笑著抽回，「妳跟我們客氣什麼，我還想問妳那邊還有什麼我們可以幫——喂！」

她說到一半，整個收納袋突然被外力抽走，沐云嚇得朝旁看去，粗暴的人竟是闕擎。

他不苟言笑的把收納袋朝厲心棠懷裡塞去，她趕緊接過，氣氛一度變得尷尬非常。

「呃……我自己揹啦！裝備本來就該自己來。」厲心棠趕忙打圓場，抓著收納袋返身返回帳篷那區。

闞擎怎麼這麼粗魯啦，直接用搶的耶！

「是怎樣？怎麼這麼酷？」成娟湊了過來，「又帥又酷耶！整個無法生氣！」

「對耶！他冷臉時也好好看，那種……很像電影裡的貴公子。」沐云抬起下巴模仿起來，「高冷。」

「哇！」成娟低低的笑出聲，「黑髮就很神祕了，他眼睛也很深邃，瀏海是有點遮眼，看不清楚眼神……噢！」

這豈非更迷人了！女孩們吱吱喳喳笑著，老胡一邊收拾著雜物一邊搖頭，小剛倒是滿臉不屑。

「不覺得很娘嗎？」他低叱著。

「娘？他？」成娟即刻回應，「拜託，他身高身材都在你之上耶，挺精實的，哪裡娘？」

「長得是柔了點，但不到娘啦！」沐云也搖頭反對，「不是要像你們這樣粗獷粗獷的才叫MAN好嗎！」

「昨天他突然出現救我們，又上去拉棠棠時，就MAN爆了！」成娟差點壓制不住音量，眞的帥呆了！

昨天他們搞不清楚的一路跑，那個闕擎突然出現喊了小剛的名字，大喊貼著左側跑，肩膀得磨上山壁才行；然後一片迷霧中大家一一被他拉扯向前，接著他叫大家不許動，上前後及時拉住棠棠的登山杖。

待霧散去後，他們才看見自己站在一塊平坦區塊，眼前竟是崎嶇窄路。眞的帥爆了！

小剛其實也知道，就是知道才更不爽，他原本希望利用登山行程跟厲心棠增進感情，希望可以表現一下，結果他們卻迷路了、甚至還撞鬼！各種嚇死人的逃難與求生中，他竟毫無用武之地，只能依賴厲心棠一次一次的救助大家，而直到她眞的需要救援時，他還是只能是逃命的那一位。

而那個一臉大家欠他錢的男人，卻出現了！

「手機完全收不到訊號，這裡直昇機也不一定瞧得見，避難山屋離這裡不算遠，那邊有能跟山下聯繫的方式，而且也有建築物可以禦寒。」闕擎收拾好後，走過來宣布，「我們決定前往那邊避避，依照大家的腳程可能需要一天以上，但至少是條穩當的路。」

「避難所？你怎麼知道在哪裡？」小剛立即反問。

「因爲我上山前有把該做的功課做好，我也有下載登山用的地圖。」闕擎面無表情的回應著，「沒有在勉強誰，只是告訴你們我跟她的做法，要不要跟隨便你們，最後能不能獲救，我也不負責。」

「跟啊，當然跟！」沐云緊張的出聲，「我們什麼都不會啊！沒有方向感，根本不知道有山屋，連綁繩結都不會的她們，哪有什麼選擇權啊，當然是跟著會的人啊！

「加一。」成娟即刻舉手。

「我們自己走只會更慘，根本沒人有方向感，地圖就算有也看不懂，求生知識又差，說到底也只能依賴你們，還希望你們能包涵。」老胡非常客氣，這是現實。

小剛撇撇嘴，這種情況逞強是沒有用的，他也是無能爲力的一員，實力高低就擺在眼前，沒必要跟生命開玩笑。

「嗯。」但他又不肯服軟，就嗯了聲。

預料中的結果，求生大於一切，闕擎一點兒都不意外，但他走到小剛身邊時，卻拍了拍他的肩，「也要麻煩你們了。」

被拍肩的小剛一臉莫名其妙，帶著點嫌惡的扭動肩頭，這傢伙幹嘛這樣跟他說話？

「大家都得互相幫助，兩天的距離，我們要下定決心自己走！不要跟任何人打招呼，也不要再倚賴任何人了。」厲心棠整理好背包，嚴肅的走過來，「不能再相信任何人。」

這句話讓大家心沉了一半，想起昨天遇到的山友，回想一百次都像正常人的山友們，居然是十年前失蹤的大學生。

「還有黃色小飛俠，只要黃色裝束的人也別跟著了。」闕擎提醒著，基本上除了自己人，誰都別打招呼。

「我以前一直以爲，黃色小飛俠是都市傳說，沒想到……」老胡苦笑起來，「沒想到不但讓我遇到，還這麼多……」

闕擎倒是止步回首，「黃色小飛俠並不是都市傳說，那就是鬼。」是那些被山吞噬的人們，無以歸家的鬼魂們。

早餐吃得豐盛，沐云哀怨的說她只剩下最後一片吐司，成娟吃了口糧，闕擎再度把亮亮背包裡的肉罐頭拿出來，一人分配一點，要走一天的路，熱量必須足夠，再把巧克力棒放在口袋裡，血糖低時可以隨時補充。

確定火都熄滅，闕擎沒忘記把陣法抹除，因爲實在不知道會不會傷到人類，總之收拾完畢，大家重新揹上背包，出發。

「我每天都會傳一封訊息到群組去，希望有人收到時可以回我。」成娟邊走邊說著，「好想知道佳臻他們怎麼了？」

「沒事的，我覺得有花哥在應該ＯＫ！」老胡對花哥很有信心，「這兩天我想到他們跟花哥一道兒其實是不錯的，花哥對野外也有點常識。」

「其實還蠻驚訝的，我以爲花哥就是……」小剛不知道怎麼解釋比較婉轉，畢竟大家會這樣叫他，就是因爲他的半甲刺青。

在制服的遮擋下無人在意，一次夏天實在太熱，他在幫忙搬東西時捲起袖子，大家才看見他那滿手臂的刺青。

「但也都是先入爲主的觀念吧，他人很好的，酷酷的很有男人味！」沐云很常跟花哥同班，「而且你們有沒有仔細看過花哥的刺青？」

「誰敢啊！」小剛挑了眉，多問一句都會怕。

「哎唷，沒那麼嚴重啦！我還摸過！」成娟那種個性當然沒在怕，「是梔子花喔！」

「梔子花？」這話引起了厲心棠的注意，「刺青都是花喔？」

「對啊，兩邊手臂都刺啊，不然你們以爲花哥這綽號怎麼來的？」成娟還在那邊自豪，「我取的呢！」

原來是成娟取的啊，因爲手臂上刺著滿滿花朵，所以叫花哥嗎？呵，厲心棠還以爲是因爲花紋密密麻麻才叫花哥呢。

「而且那是爲了紀念他外公外婆，他是外公外婆養大的，老人家最喜歡梔子花，後來意外去世後，他就在身上刺了他們最愛的花。」成娟一臉感動，「這算不算一種鐵漢柔情？」

哇……厲心棠好訝異，沒想到花哥這麼溫柔耶！

走在最後面的闕擎就是聽著，他一點都不喜歡爬山，尤其是現在這座連空氣中都滿是腐臭味的山，聽八卦也沒興趣，不過女孩子們開心就好。

那些亡靈始終跟著他們……或上方、或下方，亦步亦趨的鎖定他們。

他現在更好奇的是，什麼叫：他們留下，亡者就能回家？

山裡也有抓交替的情況嗎？之前他曾遇過山裡的魔神仔，但那幾個都是被帶到山裡殺掉，跟在山裡一點一滴被帶走性命是不一樣的。

腳邊又出現倒插的三根樹枝，闕擎看到都煩了，這到底是哪門子的儀式？跟他學到的「守護陣」一樣邪門。

「休息吧！」闕擎突然喊出休息。

這裡剛好有個天然的小洞穴，其實不過是上方有塊特別大的石頭當屋頂，下方內凹，就形成一個可以躲藏的地方，大家都坐下來稍事休息，旁邊又有一堆空罐空袋，小剛抓起一個能量飲料，搖了搖頭。

「不是說垃圾要帶下山嗎？我看這些登山者垃圾丟得挺多的。」

「還帶著垃圾走有點麻煩吧？畢竟登山揹得夠重了。」成娟是這樣解釋的。

嗯哼，鬮擎默默喝水，基本上命都快沒的時候，誰還在意環保？

沐云坐著的土壁角落有一小塊白色的東西，她好奇的撿起小枝幹撥動著，發現竟然是一本被埋在土裡的筆記本。

「哇……看看我找到什麼。」沐云用指頭捏著紙張一角，最後拖出了整本小本子。

本子很小，不過五乘十公分的大小，看得出來紙張浸過水，恐怕是溼了又乾、乾了又濕的皺折！

「欸，有寫字嗎？」成娟好奇的湊過去。

沐云把本子擱在膝上，小心翼翼的撥動著上頭的土，許多土都黏在上頭了，得小心撥開才行，連小剛都好奇的湊前，老胡則照舊站得較遠，他一般都不喜歡靠著這裡的山壁，覺得這座山的山壁只要貼著，都能聽見哭聲。

「字很亂，而且文字相疊。」沐云仔仔細細的瞧著，「一層疊一層……」

整本筆記本其實寫得滿滿的，而且還有許多重疊寫的痕跡。

「第三十二天，為什麼我還在這裡？我都……不知道幾天沒吃東西了，上週吃了一條魚後，這星期……餅……我會餓死？

「直昇機來了，我再怎麼招手都沒被看見，到不了草原區，到底哪裡出了問題？

「好冷……然後是發抖，呃，好怕今天睡著後，就再也起不來了。

「最近好像都聽見有人在說話，轉過頭去都沒有！我昨天夢見回家了，床好溫暖，媽媽煮了我最愛的乾麵。」

「救命救命救命……」沐云一路唸，唸到某一頁，上頭是瘋狂潦草的「SOS」。

她顫抖得指尖猶豫著要不要翻下一頁，這是失蹤者的筆記嗎？

「有點毛，別唸了。」成娟打顫著，縮起了身子。

但也不敢丟掉本子，她小心的拿起，打算把它埋回原位時，闕擎卻走了過來，「給我吧！」

「可是……」沐云幾分遲疑之際，他已經拿過本子了。

「最好你們都不想知道後面發生了什麼事。」闕擎喃喃自語，翻動所剩無幾的筆記本。

小剛忍不住又翻了白眼，闕擎每個動作都讓他覺得在耍帥，煩！

闕擎沒唸，他只是翻動著，後面就是滿滿的絕望，一天捱過一天，等待著救援，卻始終落空。

「我到底該對誰祈禱？我想回家、我要回家！拜託快點救我出去！」闕擎嘖了聲，「唷！三炷香啊！」

他在空中筆劃出三條線，同時指指本子。

「他畫了嗎？」厲心棠倒抽一口氣。

「對，他畫出那插著的模樣。」闕擎江將筆記本略翻轉給大家看，紙張脆弱，他翻得極爲小心。

眞的有個用筆畫出的「↓」圖案。

這張圖接下來就是更加語無倫次了，開始說有人來陪他，給他東西吃，並且他又聽見直昇機聲音。

再後來，也就沒有後來了。

厲心棠從背包外袋翻出一個夾鏈袋，走上前讓闕擎把本子放進去。

「妳帶這個在身上做什麼？」沐云驚呼著，太不吉利了吧！這一看就是……罹難者的東西啊！

「如果是失蹤的人，我想他家人會希望看見遺物吧！被埋在那邊那麼久，要不是妳找到了，他們永遠都看不見呢。」對於家人來說，這應該是最寶貴的東西了。

沐云搓著手臂，覺得雞皮疙瘩，他們現在都已經遇到這麼多事了，還帶著那些東西難道不會招致不幸嗎？

厲心棠封好本子，準備放進去前，翻到了另一面，上頭寫個東西讓她遲疑了數秒。

「怎麼了嗎？」小剛一有機會，立即湊上前。

「最後面寫的東西有點……」厲心棠咬了咬唇，但趕緊蓋住，收進包包裡。

小剛想要再看，她卻立即收手，不想讓他多看一眼；闕擎即刻走來，叫她轉過身去，幫她把東西放到背包裡的袋子去，還放到裡頭那層。

他剛早就看到了，考量到山難者到後面的精神狀況，他不想當一回事。

「撿到這本本子的人，我祝你們跟我一樣，留下來陪我！陪我！」

第九章 避難山屋

希望在前，動力無限，厲心棠一行人只花了一天多，就看到了避難所！

只是前一天下午氣候驟變，狂風暴雨，溫度直線下降，亮亮背包上繫有帶溫度計，氣溫逼近零度，偶爾看見冰晶，再下去只怕要降雪了；大家的衣服沒穿那麼保暖，只是因爲一直在走路，身上還有熱能可以撐。

幸運的找到一處山洞，狹窄但硬要塞人還可以，厲心棠拿天幕蓋住洞口，鹽圈在外，闕擎思考半天還是又畫了那個陣；洞穴裡烤火格外溫暖，想著就快到避難所，大家都想多吃一點，但最後還是被闕擎攔阻下來。

反正沒人知道他拿的是亮亮的背包，就假裝食物是他帶的吧！

老胡硬著頭皮說想睡在闕擎身邊，他也沒拒絕，因爲這洞穴裡死亡氣息相當重，洞壁上甚至好像映著某個人的身影似的，但既然只有他跟老胡看得見，也就不說了。

裡面散落的物品很多，還有水壺跟壞掉的燈，登山者一般不會捨棄水壺，厲心棠發現時只是默默用背包蓋住，她也沒多說；至於在外頭窺探的亡者就不提了，暫時進不來也罷。

隔天早上十點前，他們終於冒雨抵達山屋，已經凍得肌膚都要沒感覺了，所有人趕緊進入山屋，有種劫後餘生的感覺！

「呼呼……好冷！」沐云凍得都要走不動了。

小剛跟老胡分別找發電機，再試著把燈給點亮；闕擎緩步的走在山屋裡，謹慎的先觀察一圈，然後拖出了一個電暖爐；成娟找到掃把把地上的雜物稍微掃一下，至少給自己一個乾淨的環境。

橫向長方形山屋很簡單，進屋後大門旁右側就是櫃檯連結炊事區，左邊就是一大片桌椅，都可移動堆疊，人多時可以躺地板；中間有個薄架子當分隔牆，裡面那區則有二十張上下鋪的床位。

「……呼。」厲心棠終於將背包放了下來，好不容易才有鬆一口氣的感覺。

闕擎繞進廚房，當他打開櫃子看到卡式爐時，第一次覺得這個東西如此珍貴。

「來吃點好的吧！」他將卡式爐高舉時，所有人禁不住一陣歡呼。

沐云一進屋就到床邊坐下了，她實在是太累了，但看著大家都在忙，她還是強撐起精神去幫忙，先把大家的背包都放在桌子區的角落裡，再擦拭桌面。

厲心棠在櫃檯裡找到電話，決定先行聯絡，但是拿起話筒卻沒有聲音。

「線路斷了嗎？」成娟抬起頭找著線路，「但我不會修電話耶！」

「我會。」小剛再一次自告奮勇。

「哇！看不出來！」成娟熱情鼓勵，小剛挑了挑眉，看著的卻是厲心棠的方向。

「那就麻煩你囉！」她客氣的說著，跑到闕擎身邊，他們在櫃子裡找到幾包泡麵，老胡決定來煮一鍋。

闕擎繞去儲藏室瞧瞧，裡頭有許多蒙塵的補給品，仔細檢查後，他多拿了個睡袋。

「找到什麼？」厲心棠跟了過來。

「都是我們已經有的東西，我拿了個睡袋……帳篷太重了不想揹。」他邊說邊發現許多東西都壞了，「這是放多久了啊？」

「欸，我們待在山屋裡就安全了嗎？？」她突然發問。

「問得眞好！」闕擎說得很直接，「現在我們幾乎確定獲救了，他們還能怎麼辦？難不成摧毀這山屋嗎？」

「會不會進來？像之前的厲鬼那樣？」

「感覺殺氣不重，山裡的亡者似乎溫和得多。」闕擎其實也不確定，因爲他們根本不需要做什麼，看著他們餓死凍死就夠了，「妳蕾絲戒指有戴吧？」

她晃晃右手，點點頭。

「我平常的護身符跟佛珠都有戴，雖然我覺得成效有限，那倒插的香或樹枝都太邪門——加上外面雨下成這樣，我很難畫陣。」

「別畫那個了，我覺得太可怕。」厲心棠邊說又起了寒顫，「我現在只希望快點獲救。」

說是這樣說，但看著外頭氣候如此惡劣，直昇機根本不可能來，那也就代表，他們必須在山裡多待幾天了。

但如果在這間山屋裡，至少比在野外好的多。

「喂，是？對！您好！我們是立強店便利商店的員工！」

小剛的聲音興奮的傳來，厲心棠雙眼一亮，立即衝到前面去！只見大家都擠在櫃檯邊，小剛拿著話筒，清楚的說著。

「是，我們一共有六個人！三男三女……現在在山屋……哪個山屋？」小剛有點困惑，不得不看向闕擎。

「三號。」闕擎的確是做足功課來的。

小剛複述了一遍，「三號，對，我們不只這些人，但中間走散了！現在在三號山屋的就我們六個……有誰嗎？有——」

老胡突然上前，朝他比了噓，「我們還在山裡，不能喊全名！」

啊！對，即使是聯絡，也不該喊全名……雖然這是一種傳說，但是——黃色小飛俠也是傳說啊，現在還不是成眞了！眾鬼環伺，他們每一步都要小心。

「呃，我不方便說名字喔，但我可以告訴你暱稱你去拼。」小剛立刻改口，「我是小剛、小娟、小云、老胡跟……」

「路人。」他冷靜的說著，「我不在失蹤名單內，就說是遇到山友。」

是啊，他們被報失蹤的話，闕擎也不會在員工名單裡……厲心棠看著闕擎的側臉，突然像想到什麼似的倒抽一口氣！

不能喊全名？但是前天他出現救她時，她激動的抱住他時，就已經喊了他全名！

厲心棠驚恐的想到這一點，雙手掩嘴，開始劇烈發抖。

「現在想到晚了些吧？我沒關係的。」闕擎敲了她的頭一下，「沒在安慰妳，我沒關係。」

可是！厲心棠說不出話來，激動的拉住他的衣服，她怎麼喊出他名字了！

闕擎搖搖頭，他認真的再對著她，用嘴型說了一次：沒事。

前頭小剛掛上電話，所有人引頸企盼。

「這幾天天氣不好，他們暫時沒辦法派直昇機過來，但可以用這支電話聯繫。」小剛顯得有點難受，「但是我……我問了對方，他們說還沒有找到我們任何一個人。」

十一個人，依舊在失蹤名單中。

現場瞬間陷入低迷，老胡緊握著拳，「都還沒找到？」

「這也不意外，天氣差，如果大家沒上到山頂平原的話，是很難被尋獲的。」

厲心棠思及此，又一陣心梗，「我現在最怕他們下切河谷。」

成娟聞言，愣得抬起頭，「爲什麼……下切河谷不好嗎？」

「不好，切河谷只適合在山勢不陡峭的地方，像七雲山是險峻的山勢，別說下切不一定切得到溪谷了，萬一卡在中間還進退不得，或是下去要再上來更是加倍困難；再來河谷非常難被找到，還有一堆樹木卡著。」厲心棠十指相扣，拜託他們千萬不要選擇下切河谷啊！

成娟突然間收緊下顎，神情變得非常難看。

「我們先吃東西吧，好好休息！」老胡將泡麵放入，好不容易才等到水滾，「泡麵只剩三包，大家等等……」

「我們兩個已經在煮了，就用我們自己的泡麵！」闕擎指指末端大桌上，正在燒水的爐子。

室內沒有乾柴火時，厲心棠就出動了蠟燭，只要水能滾就好。

老胡點點頭，成娟皺起眉低聲抱怨，「他們好像刻意與我們分開耶！」

「這樣也沒不好，才三包泡麵，六個人怎麼吃？」沐云安慰著，轉身去找碗筷。

闕擎朝著厲心棠走去，她正撕開泡麵在烹煮，他饒富興味的瞅著她冷笑，讓她渾身不自在。

「幹嘛啦！我就用自己的就好了，在外面盡量用自己熟悉的器具……啊！你的是……」

她忘了闕擎揹的是亮亮的包了。

「我不在意。」他很快的翻找出亮亮的便當盒，「反正他也沒辦法在意了！」

厲心棠沒好氣的瞪著他，明知道亮亮已經不在了！

大家在暖爐邊美滋滋的吃著泡麵，眞的是這幾天的一大享受，不必餐風宿露，即使聽著外頭風狂雨驟，鬼哭神號，再害怕也覺得暖了許多；吃飽喝足後，厲心棠幫闕擎洗碗，他人則站到窗邊去，看著外頭什麼都瞧不見的糟糕天氣。

天色變得極沉，濃霧瀰漫，待在屋子裡感受上似乎挺安全，但心裡卻不踏實。

「先生。」老胡走了過來，眉頭深鎖。

「嗯？」

「我一直在發冷……你看我的手。」老胡將雙手舉起，掌心向下，抖個不停。

「你穿太少了嗎？我剛看儲藏室還有毯子，要不要去拿？」闕擎連正眼都沒瞧他誰一眼，唉呀，好像有東西逼近了。

「不，我的指甲是紫色的。」老胡驀地抓住他，「有東西！」

闕擎被他嚇了一跳，看著抓住自己衣服的手，老胡的指甲果然泛紫，他自己也開始覺得心梗，拖著他遠離窗邊。

「有東西逼近了，非常非常糟糕。」他推著老胡，「小心點！」

好大的壓力！他站在屋裡都能感受到恐懼自腳底竄上，屋外有什麼靠近了，那跟一般的山友不一樣，或許他們該熄燈？或許不該這麼明目張膽？或許——

磅磅磅！

山屋的木門，響了起來，有人一掌拍在木門上，紮實有力的拍著：

磅、磅、磅！

這拍門聲讓屋內靜了下來，所有人停下手邊的工作，四目相交。

誰？

「開門啊！有人吧！」外頭有人喊了出聲，「好冷！」

啊……廣心棠趕緊抓著便當盒跑到闕擎身邊，「你有設鹽圈嗎？」

「有，有！」他點點頭，但他從來不認爲有什麼是萬能的。

咚咚咚！一張臉赫然出現在玻璃窗外，是個男孩，他一臉疑惑的看著他們，喊著：「開門啊！你們幹嘛？」

「不能開！他們如果是那、個怎麼辦？」沐云尖叫起來，節節後退往床鋪區。

「如果是人呢？跟我們一樣的人呢？」成娟倒不這麼認爲，她主動走向大門，「不是有灑鹽嗎？」

「如果鹽巴濕了呢？萬一是，放他們進來我們就完了！」小剛衝過來想阻止她。

成娟站在門前，外面的人正不爽的怒吼，裡面的大家卻恐懼得不知該如何是好。

「但萬一是人，我們要讓他們在外面凍死嗎？」成娟無法做決定，她慌亂的看向厲心棠。

刹！有人用登山杖敲擊玻璃窗了，還伴隨著各種國罵。

「開門，開門！」厲心棠喊著，「不開他們也會想辦法進來的！」

「讓開！」成娟上前將小剛推開，解開門閂後將門給打開。

才一拉開，立即進來一堆怒氣沖沖的人。

「你們幹什麼？爲什麼不開門？」

「想把我們關在外面嗎？」

「太扯了吧！你們以爲這是你們付費的度假小屋喔？這是大家共用的山屋！」

闞擎拉過厲心棠往後退著，老胡也找角落縮起來，成娟呆站在原地，看著一群人渾身濕漉漉的走進來，一個、兩個……八個、九個、十個人……她一邊數著，一邊看著他們甩水，擱登山杖。

門口果然已經不見鹽圈，早已被雨水打濕。

最後一個進來的男人將門給關上，這才隔絕掉凍人冷風。

「十七個。」成娟呆站在原地，她現在像被寒冰包裹住一般，山友們或在她面前，或經過她，大家都在卸裝備。

小剛就站在門後，完全不敢動彈，關門的男人滿臉鬍子，瞪了他一眼，轉身進屋。

沐云躲到了床裡，雙腳忍不住打顫，她簡直都快站不住了……因為進來的這票人，有好幾個人就穿著黃色的雨衣。

闞擎緊緊掐著厲心棠，她可以感受到他的緊張，但是她什麼都不敢問，這個氛圍低迷得令人害怕，而且曾幾何時……連暖氣爐都不暖了！她默默捏著自己胸前的護身符，鹽巴呢？鹽在哪裡？

悄悄後退，大家的背包就在腳後呢。

「呼……」闞擎長噓一口氣，回身從背包邊拿過自己的登山杖，順勢把厲心棠朝裡再推去一點。

一票登山客紛紛脫下雨衣，放下背包，先處理的人就拉過椅子坐下，一一的掃視他們。

走吧！闞擎鼓起勇氣，緊緊握住登山杖，朝前走了過去。

腳步聲在地上噠噠，引起了山友們的注意，他們看向走來的闞擎，他也正大方的打量著每個人。

有男有女，有老有少，大家的年紀相差甚大，最妙的是裡面還不乏外國人士，他們正搓著身子，非常冷的樣子，接著有人開始找爐子。

「你們有煮薑湯嗎？」一個大漢問道。

成娟搖搖頭，「沒沒沒找到薑。」

「這是無人管理的山屋吧？先煮點熱水得了。」人群中有人喊，闕擎親眼看著他們把雨衣脫下，甩了一地的水……然後水又消失了。

「我先去裝水好了！鍋子……」大漢到廚房區，看到了還未洗的鍋子。

「啊那個我還沒洗！」成娟趕緊上前，對方只是擺擺手。

「不必，水沖一下就好了！你們吃飽了先到旁邊去，這邊給我們忙。」他趕人了，成娟默默的往山屋裡側退去，沐云上前拉過她。

闕擎看著這一眾認眞的登山者，就近探視著地上的背包，還有人進去點算床位，想看看床位夠不夠。

「你們怎麼沒登記？」櫃檯邊的人拿過本子，疑惑問著就在旁邊的小剛，「進來就要登記啊！」

「我我我……」我不知道啊！小剛發著抖搖頭。

「留六個空格給我們，你們先登記吧！」闕擎緩緩走上前，「還記得現在是哪一年嗎？」

「說什麼東西啊？你們先講為什麼不開門吧？」有幾個人不爽的問著，「外面下這麼大的雪，你們竟想佔著山屋嗎？」

雪？老胡瞟了眼窗外，這雨大成這樣，還沒到降雪的地步啊！

呼……厲心棠緊張的吐了口氣，也發現為什麼室內變得如此之冷，她吐出來的氣都變白煙了。

「怎麼變這麼冷？」她小聲的說著，「前面的暖爐失效了嗎？」

在山屋另一側的沐云也不時回頭，雖然她身後是床位，但總有股冷風自後頭吹來，吹得她背脊發涼，不停發抖；室溫突然變得好低好低，都是這群人進來之後的關係。

「我們會離開這裡的，誰都不會留在山裡。」闕擎冷靜的出聲，「請你們好好待著，不要……不要意圖做什麼。」

就近的幾個山友錯愕抬頭，不解他在說什麼。

「在講什麼啊？意圖把我們關在外面的是你們吧？快點去登記，你們是哪個大學登山隊的嗎？」

「這山屋是避難所，可以擠幾十人，你們當度假中心喔？」

「要不是下這麼大的雪，我們其實也不會來這裡，今天原本預計要上稜線的。」接著他們開始交頭接耳，「不過在這裡睡一晚也比紮營來得好。」

「上頭不知道雪下成怎樣了！我們可得搶在前面啊！」

看著山友們開始自背包裡拿出腐朽的東西，有的物品一拿出就碎化了，有人搬出冷硬的罐頭，厲心棠其實沒有感受到惡意，他們是真的、覺得自己還在登山、正在避難。

「到底是我們幻覺，還是他們幻覺？」厲心棠緊窒的問，「他們不是來找我們的，只是在進行自己的登山活動？」

餘音未落，所有登山者像是發條娃娃一般，倏地全往她那兒瞧去！

老胡嚇得僵住身子，場景太嚇人，這些山友彷彿假人，朝他們這兒瞪過來。

「登頂的人就能回家了，只要有足夠的人留下來。」站在廚房裡的大漢沙啞著開口，「向上天祈求是沒有用的，又冷又餓時，最愛的山卻一點一點的剝奪我們的生命力，只有我們才能救自己。」

「拉其他人墊背，不代表你們就能離開，這誰告訴你們的？」闕擎連指頭都要凍僵了，謹慎的看著面前所有僵化的山友們。

「不記得了，但是……就是可以……」大漢幽幽看向他，「但也不是每個人都會這麼做……聽！」

聽什麼？

「有聲音！」小剛聽見了，遠遠的有個轟隆隆的聲音傳來，大地跟著開始震動。

「啊啊！雪崩！」十幾個山友突然同時發狂大叫，大家抓起自己的背包就衝到桌下，呈現抵禦姿勢。

成娟都快瘋了，「沒有雪！怎麼雪崩啦!?」

整個山屋都在震動，沐云即刻衝到床底下去躲起來，成娟完全傻住的不知所措，小剛退後的爬進就近的櫃檯裡，闕擎二話不說奔到厲心棠身邊，然後從口袋裡拿出萬能瑞士刀。

老胡只看他一眼，就躲到角落的櫃子裡去。

「到底是我們幻覺，還是他們幻覺？」他抓起厲心棠的右手，轉了轉無名指上的蕾絲戒指，「妳這問題問得眞好！」

「咦？」厲心棠嚇得緊緊抓住他，「會眞的有雪崩嗎？我才不要！」

她打直的右手抖得厲害，照理說生死關頭之際，這個戒指都會幫他們的對吧？

闕擎毫不猶豫的扳出刀子，俐落的手起刀落，直接往自己左手上臂刺了進去——懷中的女孩轉身就撲進他懷中，右手認眞的維持打直狀態，聽著轟隆聲就在窗外，緊接著強大的冷風灌進，風壓任誰都無法抵抗。

不過，痛覺倒是可以令人清醒。

闕擎全程未曾眨眼，他親眼看著十七個山友的身形在狂風中從透明到消失，看著山屋裡的燈光轉暗，所有乾淨整齊的假象漸而褪去，在窗外吹進的風雨中，變成了一座廢墟。

他拔出瑞士刀，同時拉開厲心棠，說了句對不起後，直接往她臉上招呼熱辣的一巴掌!!

「哇!」這巴掌一點兒都不輕，厲心棠被打到轉了個半圈還摔上地。

闕擎再走到角落櫃子裡拖出老胡，抄起登山杖就往他身上刺。

「都清醒一點!我們產生幻覺了!」他喊著，整間廢墟山屋的玻璃早就破敗，風雨全打在裡頭。

趴在地上的厲心棠打了個寒顫驚醒，不可思議的看著眼前的破敗景象，於此同時內側也傳出驚叫聲，闕擎也跑去那邊揍人了!

「哇啊!不要不要!我沒有害過誰!」櫃檯裡的小剛被拖出來時驚恐的大叫著，「救命!救——」

一棍子打下，闕擎絲毫沒在客氣，「還沒醒的下狠勁打!」

厲心棠知道他在對自己喊話，跳起來朝著床鋪區去，沐云跟成娟果然還在恐慌中，因為她們不停的歇斯底里，那尖叫聲聽得令人煩躁;幾聲對不起後她只能拿水壺往她們指節敲去，這末稍神經的痛楚，果然準確的讓她們驚醒。

「這裡也不是不能待，把窗戶封死也比睡在外面好。」闕擎已經逛回，看著那扇被風吹得快解體的門，萬般無奈。

但外屋跟裡屋中間有一道牆，床鋪區上頭的窗戶只要封上，依然不失為一個躲藏點。

「為什麼……我們剛剛看得不是這樣！」成娟簡直不敢相信，「我們走進來，我們開暖氣，我們還煮……煮泡麵吃……」

她看著桌上的泡麵袋，突地一陣乾嘔湧上。

「泡麵過期吃不死啦，不吃才會死，不要太在意！」厲心棠趕忙安慰，至少不是吃了什麼亂七八糟的東西對吧！

就算是，也當不是了！

沐云雙手抱頭，一陣長嘯，突然抓住厲心棠的肩搖晃，「啊啊啊——為什麼妳不吃？妳是不是早就知道什麼了？」

厲心棠錯愕愣住，「我只是……堅持只用自己的東西而已！」

成娟趕緊揮掉沐云的手，「妳冷靜一點，沐云！妳不要慌！」

磅！外頭的門被風吹得砰砰作響，嚇得這群驚弓之鳥的人們失控。

「……那直昇機呢？跟我、跟我說要來接我們的人呢？」小剛回過神，第一時間就是拿起無聲話筒。

電線早就斷了，根本不可能有人回應他。

「也是假的，做得很徹底啊，看來是眞的打算把我們困在山裡了。」闕擎看著開闔的木門，磅、磅、磅、磅。

這一開一闔間，立即就有人影出現在外頭了。

有個男人站在門外，隔著那扇被風吹得亂撞的門與闕擎四目相對，鹽圈早已被打濕失效，但現在眞的沒人有心神去補上。

「剛剛那些都是假的嗎？怎麼會有這種事！」小剛還在咆哮，他完全無法接受事實。

「……小剛？」門外的男人大步一跨，直接踏進，「小剛！」

闕擎下意識的節節後退，這個是人嗎？看著男人簡直是跳進山屋裡的，他還左顧右盼，驚喜般的亮了雙眼！

「你們居然在這裡！」

腳軟癱在櫃子前的老胡幾乎是一秒跳起的，他欣喜若狂的即刻衝向花哥，簡直不敢相信自己的雙眼。

「花哥！天哪……我居然還能見到你！」他興奮的大叫，不顧花哥一身濕，就用力的來場兄弟擁抱。

花哥也激動的回擁，帶著疑惑的瞥向闕擎身後的女孩們，「一二三四五，你們都在！都沒事！」

「花哥！」厲心棠興奮的奔來，「店長呢？還有佳臻她們——」

她想往門口去，但卻一把被花哥攔了下來，咦？她抬起頭，心底發寒。

「我們意見不同，分開走了！佳臻跟小莘一路，我跟店長一起，所以我不知道佳臻她們的狀況，不過……」他皺起眉，「我跟店長也走散了，所以我是一路找過來的。」

「分開走？這種情況你們怎麼能分開走？」老胡覺得太扯了。

「意見不同本來就不能勉強，誰都不能保障誰的生死不是嗎？佳臻說要下切溪谷，我想往上走，只能分道揚鑣。」花哥嚴肅的嘆口氣，「但搞不好她們還比較幸運，至少還有魚可以吃……我跟店長這一路往上走是眞累，後來店長還發燒。」

他們在說話的時候，絲毫沒人注意，後方的成娟臉色極其難看。

「那你們爲什麼又走散了？」厲心棠往後瞧，眞的只有花哥一個。

「我不知道！就是這件事太奇怪，我讓他在原地等，我先往上找地點，我已經找到空曠處的大平原了，回頭找他時，他卻不見了。」花哥氣忿難平，「身體不舒服他能去哪？而且當時往返根本不到一小時，我好像有聽見他的聲音，但一路叫就是不回我，我……」

「這是多久以前的事？」闕擎注意到重點。

「兩天前，我後來在原地等了一晚，也在平原上擺了ＳＯＳ的記號，但實在擔心他就想到附近尋找！」花哥一臉自負，「但我知道怎麼回去那裡喔，我沿路都有做記號。」

老胡沉下眼色，希望那記號真的有用。

大風又把一堆樹葉吹進了屋裡，嚇得大家閃避，持續在這裡實在也不是辦法。

「所以……我們到底剛剛遇到了什麼？」小剛茫然的走來。

「幻覺，或許是亡者給我們的幻覺，但更有可能是我們低溫產生的幻覺，我們必須真正的休養生息，否則誰都走不了。」厲心棠縮著身子，「要嘛把這裡弄得可以住人，要嘛我們就得離開！」

花哥即刻環顧四周，「這裡幾乎沒有一扇窗子是完整的，你們要拿什麼封？」

「用床，可以把一些床立起來擋住裡面的窗戶，或許能擋一陣。」闕擎已經看過了，想出一招。

老胡跟著往裡看了眼，「擋得住風雨，擋得住那、些嗎？」

話還沒說完，外頭突然傳來紛至沓來的聲音，人聲鼎沸，眼看著又有一票「山友」朝著這邊走來了。

「誰？」花哥回首看著遠方的大批人馬，「會是搜救隊嗎？」

只是他一正首，眼前的同事竟都不見了，大家紛紛逃散，準備去揹起自己的行囊！

「從後門走！」闕擎跑向角落的背包，「那些人不停的在登山，重複自己生前的路徑，這裡是亡者的山屋，早已經不屬於人類的了！」

花哥再回頭看了眼，一幢幢黑影簡直像飛躍似的逼近，老胡揹好行囊衝過來就把他往床舖區拉，後門就床舖區的尾端。

「快跑了啦，這裡待不得了！」老胡喊著，「成娟！走啊！」

成娟居然癱軟在地，她走不動了。

厲心棠揹上自己背包時，才發現已經早少了一個，她抓過成娟的背包，原來沐云已經走了。

「走了！」闕擎一把搶過她手上的成娟背包，經過成娟身旁時朝她身上扔去。

「可是……」厲心棠想拉成娟一把，即刻被闕擎拖著往後門去，「喂！」

「妳什麼時候才會學乖啊？」

都什麼時候了，照顧別人只會一起死罷了！

厲心棠被推出後門時，親眼看著廢墟裡一片昏暗，但他們只能往前跑，二度回頭時，只見山屋裡站滿了人，全都看著他們的方向。

「成娟！成娟！」

第十章 困獸求生

樹根粗壯、石頭濕滑，山勢陡峭，寸步難行，加上太多亡者虎視眈眈，一行人每一步都走得艱辛痛苦，老胡在一次踩空後，幾乎要崩潰的大哭起來，他的腳都已經沒感覺了。

「不能再走了……」花哥高喊著，「一定要找地方取暖！」

他連聲音都快喊不出來，實在太凍了。

厲心棠用唯一的登山杖撐著身子，她覺得全身都凍麻了，但什麼都不想去思考，就是一直走，一直走。

「那就……原地紮營吧。」闕擎將登山杖往地上就是一插。

他們走在一處約十度的斜坡上，坡度不甚斜，但非常寬闊，要搭帳篷不是問題；闕擎身上還有一個單人帳，厲心棠有天幕，但這種氣候搭天幕眞的是找死，因爲無法密封，必須要窩在帳篷裡才行。

「我……我……」老胡顫抖的手伸向厲心棠，「借我天幕好嗎？我來我來搭……」

「我有帳篷。」花哥壓下他的手，「記得嗎？我還有一頂。」

之前耗損的是老胡的，他的都還沒拆咧！跟店長在一起時都睡樹上或山洞，老胡簡直喜出望外，激動得哭了起來。

「我們……我們把帳篷搭在一起，我再用天幕搭一個外帳，可以擋風雨。」

厲心棠搓揉著雙手，「然後一定要保暖，保……暖……」

「搭吧。」闕擎嘆口氣，「我不擅長，我負責把風。」

厲心棠點著頭，將身上的背包放下來，然後再打開闕擎的背包，她跟花哥都是會搭帳的人，所以一起做事效率很高，老胡就是蹲在地上不停發抖的傢伙，或許不動對他來說還比較安全。

而闕擎……看著遠處上方石頭上坐著的人們，正面無表情的看向他們。

『放棄吧，你們離不開的！』上頭的人高聲喊話，『這麼痛苦，何必呢？』

『來我們這裡！我們這邊有溫暖的火跟食物喔。』人們朝他們招手，『很快就會有人來救我們了！』

「不如先救救你們自己吧。」闕擎其實一直用指甲掐進自己的掌肉中以保持清醒，「最好、不要、惹火我。」

厲心棠朝右上看向他，闕擎在自言自語嗎？還是他看見什麼了？

「專心做妳的事。」花哥突然出聲警告，「這個天氣比那些惡鬼可怕，動作再不快我們會先死在低溫下。」

對！對！厲心棠發僵的手還是努力的搭帳，帳蓬搭好後，她把睡袋扔進去，還好剛剛又拿了一個睡袋，山屋是幻覺，但東西相當真實，勉強堪用；再來則是……她咬著牙從闕擎的背包裡側，拿出了她的天幕收納包。

「我用你的登山杖喔！老胡！」她取走老胡的登山杖，老胡的材質是最好的，是強勁風勢下的最佳營柱。

迎著冷風，十分鐘內他們還是搭好了帳篷，天幕一搭好，即刻擋去了迎風面的風雨，令人不由得平靜下來。

花哥把老胡拖進帳篷裡，闕擎跟厲心棠也擠進了單人帳，他們拿著睡袋縮成一團，相視幾秒後，闕擎主動抱過了她。

「有一說一，萬一妳家那群妖魔鬼怪問起來，就說清楚是因爲帳篷太小，我才必須抱著妳。」闕擎這時還想著保命。

厲心棠懶得說話，她貼在他的胸前，兩個人分享著身體殘存的熱度；闕擎從身上抽出了一個暖暖包，塞給她貼著。

「我還有，只是省著點用。」他說話時，胸前會隆隆震顫，她聽了覺得有趣，「那個嚮導備了好幾個。」

「我也有帶一個小暖爐……USB充好電的呢。」她苦笑著。

「那還不拿出來？」有這種好東西幹嘛不用？

「不在我這裡了。」厲心棠苦笑著，指向擱在帳外的背包，「我那個包，是沐云的。」

闕擎有幾分錯愕，甚至拉開帳篷瞧了仔細，上頭眞的是沐云的名字。

「剛剛太慌亂背錯了嗎？喂，那妳帶的那些東西不就都在她身上了！」闕擘登時又一怔，「不對啊，既然這樣妳爲什麼有天幕包？」

「我把天幕放到你那裡了，還有一些重要的東西跟食物……」她悶悶的說著，淚水跟著滾落，「我多留了一個心眼兒，所以我把重要的物品都分散開來了！」

難怪，他就覺得爲什麼背包變很重！

「妳知道她會動手腳？」闕擘察覺到重點。

厲心棠搖了搖頭，「不知道，只是……有點怕，這幾次遇到的事件讓我很難再全然相信人。」

「不管人鬼都不能信，妳是因爲在那鬼店裡被養大，妳是他們的寶貝，才不會有人害妳，外人可不一樣了。」闕擘沉著聲，「而且那群鬼就算不會害妳，也不代表……」

不會騙妳。

闕擘即時收了聲，這句話說出去只怕會在厲心棠心裡種下不該有的種子，以後萬一吵架時她拿這個跟「百鬼夜行」裡的人講，就換他死無葬身之地了，愼之、愼之。

「我看一路上你們挺好的啊，她也很熱心，識大體，妳居然會防她？」闕擘把話題轉回沐云身上。

「你明知道我在防她，昨天不是才幫我把天幕包搶回來！」厲心棠沒好氣的唸著，「我覺得自己變得很小心眼，就因爲她一句話，開始就一直防著她了。」

「哪句？」

厲心棠悶悶的說出口，「幸好跟對人了。」

那天在他們分散之際，聽見這句話時，不知道爲什麼她渾身的不對勁；那時應該是擔心店長跟佳臻他們，可是沐云卻在慶幸自己跟著她跑，轉念一想，她跟佳臻明明睡在一起，爲什麼會分開？

爲什麼能準確在黑暗中跟到她？感覺一開始就是鎖定她跟著，爲了求生這無可厚非，但爲什麼沒帶佳臻一起？她們是好朋友啊！

不過或許這只是小人之心度君子之腹，畢竟老胡跟花哥也分開了啊！只是因爲她們倆手牽手都能拆開，會讓她非常奇怪；再後來許多事她都發現沐云表現得體，像是顧及全局，但其實很多時候都只先爲了自己。

最關鍵的是，那天她自河谷爬上山壁，沐云提出背包先放下，人先上去後她發現她少了兩包泡麵跟一包餅乾，都是放在背包最上層的；再仔細回想，出發時沐云說她帶了一條吐司，這幾天最多吃兩片，爲什麼那天早上卻哀怨的說她只剩一片？

許多事越想越不對勁，所以在山屋裡，當沐云在幫大家整理集合背包後，她便趁機把東西挪移掉了。

闕擎不再說話，世界又陷入寂靜，厲心棠想著沒逃出來的成娟，先跑走的沐云，還有選擇下切河谷的佳臻她們……為什麼會選擇下切河谷啊？水這麼湍急，她們沒有人會渡河啊！

店長呢？明明身體不舒服，爲什麼沒有在原地等花哥？

還有，花哥一人獨自回來，但一切眞如花哥所言嗎？這一切都只是片面之詞，他的話能信嗎？

厲心棠難受的用力環住闕擎，眼淚拼命的掉，但她沒哭出聲，只是想著從什麼時候開始，她也這樣懷疑起所有人了？這些明明平時都是同事，但是當危難關頭，她也開始提防人了。

儘管眼淚鼻涕全擦在自己身上，闕擎這時很大度的沒有推開她，感受著體溫漸漸回暖，等等他們還是得升火烤烤；雨聲不知道什麼時候開始消失，他現在甚至都不想相信氣候，說不定所有一切都只是山的阻撓。

隔壁帳的老胡身心俱疲的拉著花哥哭了一會兒，平靜下來後，便問他們分散後的情況。

「棠棠說下切河谷凶多吉少，我們橫過，那眞的很可怕。」

「所以我沒想走，但佳臻很堅持，我讓她們自己選。」花哥嘆了口氣，「只能希望她們都沒事。」

「先希望我們沒事吧，你知道，你知道……」他想說什麼，最後吞了下去。你知道，現在我們搭營的這塊地下，有著多少倒插的樹枝嗎？

「沒雨了嗎？」花哥也注意到了，他揭開帳篷，驚嘆出聲。

外頭竟開始飄雪，降雨成了降雪，雪花一片片的飄落。

「下雪了！」老胡喊著。

厲心棠抹了淚水，平復著心情，揭開帳往外瞧著，果然雨停了！她立即拿出爐子，放上蠟燭，煮水跟晚餐是一定要的，吃飽喝足後，大家就得趕緊躲進帳篷內，看能不能捱過這一夜。

闕擎為她披上睡袋，大家的裝備都不是應付這種天氣與高度，只能咬牙撐下去；花哥提出分配食物跟注意份量，因為不確定還需多久才能獲救，必須要保留食物。

「再保留也沒多少，大家都是帶易壞的物品，必要時得獵動物或找到溪流捕魚。」闕擎說著現實，「你不是在某處放了求救記號？」

花哥苦笑著，「那我們得回去才行，但這兩天直昇機怕不會上來，最怕的是……」

他指向天空，萬一那邊也被雪覆蓋的話，就更沒指望了。

「所有的……鬼……」厲心棠幽幽問著，「都離不開山裡嗎？」

「離得開他們也不必這麼拼命了……唉。」闕擎說著，視線放遠。

她連找個報信的人都很難，她想回家……她想拉彌亞、想德古拉、甚至想小狼、阿天……鼻子酸楚湧上，她咬著唇，拼命的抑制想哭的衝動。

老胡想安慰，一把被闕擎擋了回去。

「她得長大。」闕擎用與厲心棠相仿的年紀，說著好像老人的話語。

坡下有人正努力的爬上來，僵硬冰凍的手一吋一吋，朝著他們爬來。老胡也瞧見了，緊張的向後縮，闕擎抽過另一支登山杖，把身上的護身符綁上去，走出天幕外帳的外環，將登山杖橫向擺上去。

他沒走，就蹲在那兒看著爬上來的人，說實話，這些山友不像厲鬼般會抓狂失控，也不會刻意攻擊，就是等待他們被山吞噬。

守規矩的鬼跟人都一樣，比較不必太擔心。

「不要越雷池一步喔，良心警告。」他看著凍人，這個人身上幾乎沒有保暖衣服，居然只剩汗衫跟短褲，「我們帶不了你。」

『好熱……幫我！太熱了！』凍人僵硬的求救著。

凍人沒有越過登山杖，彷彿感受到那有層壁，而是趴在登山杖那頭，痛哭失聲。

這哭聲彷彿在山谷裡迴盪，甚至引起了共鳴，不同的哭泣聲此起彼落，連厲心棠跟花哥都聽見了，他們看著一片白雪世界，耳邊聽著的是絕望的哭泣聲。

「心志堅強一點，別被這種哭聲帶走。」闕擎走了回來，接過厲心棠煮好的熱水。

哭聲有男有女，都不是歇斯底里的激動，反而都是細微的啜泣，但聲聲低泣，都載滿了深深絕望。

『嗚……嗚，爲什麼……』

『我好想回去，讓我回去好不好！』

『求求你，放我離開！』

『嗚……嗚嗚……』

悶哭聲佔了絕大多數，山難者都在這遼闊的天地中走不出去，希望一日一日被滅絕，失去食物、失去溫度，或許一個失足、或許一覺睡去，就與山共存了。

這不間斷的悲鳴，眞的會掏空人的希望，聽者淚沾襟。

「我們……」老胡也哽咽起來，「只是來員工旅遊。」

「誰不是？我他媽的還是因爲來員旅可以拿全薪，不然誰要來登這種山？」

花哥說得實在，「結果錢還沒拿到，命都要沒了！」

厲心棠默默拿出麵包，就剩兩片吐司了，一人一半，夾著午餐肉，把它們吃掉吧。

「你覺得店長他……會在哪裡？」

「不知道，那邊的路非常陡峭，他就是腿軟加發燒爬不上去，我才說要先探路的，但就算要往下走也不容易，都是要手腳並用的！」提起這點，花哥就有氣，「他什麼都不熟，爲什麼要一個人亂走？」

老胡嚥了口口水，「或許，他不是一個人亂走。」

花哥挑眉。

「可能跟了別人，或有人叫他一起走。」厲心棠抿了抿唇，「我們遇過一隊大學生登山隊，整整七個人，還一起烤火、一起吃了野味，聊完天還同行，結果……」

花哥瞪圓了雙眼，倒抽一口氣。

「K大的大學登山社，記得嗎？前幾年很有名的八活一。」老胡每次提到這個說話都很輕，彷彿這樣亡者們就聽不見似的。

「啊！啊！我記得！」花哥詫異得張大嘴，「有七個人完全找不到！」

出動了好幾批搜救隊，孩子的父母甚至拜託私人搜救隊也沒有用，最後只找到某幾個人的背包，但屍體或是其他線索完全沒有。

「你們遇到他們了……那他們有說什麼嗎？」

「沒有，他們只是說要帶我們去安全的吊掛點，還說聯繫了直昇機，隔天能來接我們。」老胡想起就瑟瑟顫抖，瞄向厲心棠，「後來還是棠棠發現有問題的。」

「我其實反應很慢，那時我只知道無論怎麼跑都追不上他們，霧又很濃，喊他們又不聽，我本來是要衝上去的——」厲心棠頓了一下，「結果我聽見了鈴鐺聲。」

要不是鈴聲，她已經衝下山崖了吧？

「鈴鐺？」老胡皺眉。

厲心棠突然打了個哆嗦，緊張的左顧右盼，等等等等，她是不是忘了什麼？

「天哪！小剛呢？你們沒注意到嗎？小剛沒跟上來啊！」她激動的想要站起，即刻被闕擎拉了下來。

老胡跟花哥用一種緊張的神情瞄著她，再不安的看向闕擎。

「她只是一時沒反應過來，我看著她，放心。」闕擎沉穩的說著，「小剛一開始就沒跟過來，我以爲妳有注意到。」

「我忘了！他爲什麼沒跟上？你們沒注意嗎？」她緊張的拉著闕擎，「我只記得成娟動不了，然後小剛他跑在前面還是……後面……」

老胡低下頭默默喝著熱水，他有看到，但他不會說的。

小剛是從前門衝出去的，那個即將有大批「山友」入住的前門……花哥是眞的沒留意，他只記得最後有一票人站在山屋裡，用無生氣的眼神目送著他們離去，每個人都一張死人臉……噢，冒犯了，本來就死人臉。

「他選的路跟我們完全不一樣，這很難辦。」闕擎當然完全不在意，「自己選的路自己走，妳看花哥不是也跟我們會合了。」

「哼，他喔？」花哥竟冷笑一聲，「他就只是想在棠棠面前表現而已。」

厲心棠圓了眼，淚眼汪汪，「別這樣說。」

「妳不知道的話就太裝蒜了啦，小剛很喜歡妳啊！」老胡語重心長，「妳可能是爲了同事間的和諧不說破，但妳不說妳有男友，他很難死心。」

闕擎斜眼瞄了過來，「我們不是情人關係。」

跟闕擎共圍一個睡袋，被冷著的厲心棠也正經八百，「他眞的不是我男友。」

哦……花哥跟老胡一副聽妳在蓋的表情。

「眞的不是，要不是我腦殘，我完全不想跟她扯上一丁點關係。」闕擎義正詞嚴，說得咬牙切齒。

「可以再誇張一點。」厲心棠沒好氣的抬起頭，「是你有求於我們家吧！」

「孽緣。」闕擎看向對面兩個男人，「現在是因爲狀況特殊，又冷又單人帳，所以抱在一起不等於是情侶，謝謝。」

他們說得太認眞，反而讓老胡跟花哥迷糊了。

「所以我也沒騙小剛，我知道他喜歡我，但他也沒跟我告白過，我要怎麼反應？突然對他說：你不要喜歡我喔！這不是很奇怪嗎？」厲心棠留意到水滾了，開心得綻開笑顏，趕緊拿出小包乾海苔。

「可以說吧，像小剛的心意大家都知道，妳或許不必說這麼白，就表示希望跟他永遠是同事就好。」花哥倒不以爲然。

「她很少接觸外界，這份工作是她第一份跟外人接觸的工作，這種人情世故她不懂，更別說這還是被追求的情況。」闕擎立即幫厲心棠緩頰，「不過呢，我倒是覺得奇怪，那個小剛爲什麼會喜歡這傢伙？」

厲心棠點頭如搗蒜，「我也這麼覺得，爲什麼？」

「因爲棠棠很漂亮又可愛，個性也好啊！」老胡這優點誇得順暢，但每一句都讓闕擎翻一次白眼。

「謝謝。」厲心棠甜甜的笑了起來，灑點鹽巴，海帶湯就好囉！「來，裝湯。」

闕擎主動接手，爲大家倒湯，叫她把麵包處理好，在惡劣的條件下，能有半片吐司夾午餐肉，配上海帶芽湯，已經是幸福的事了。

不，老胡淚水默默滑落。

活著，才是最幸福的事。

「你們都誤會我說的話了，我倒不是懷疑這傢伙會有人喜歡。」闕擎咬了一大口麵包，「我是看他身上已經巴著一個女人了啊。」

咦？老胡錯愕的轉著眼珠，「有、有嗎？」他沒看見啊。

嗯嗯，闕擎點點頭，看來他能看到的比老胡更多一些。

「有，就巴在他身上，有點像……小剛揹著她一樣。」闕擎轉轉右手腕，「手上還戴著一圈金色的手環。」

厲心棠差點滑掉手裡的杯子，「你剛說什麼？是細細的一條金色手環，上面有鈴鐺嗎？」

「鈴鐺啊……或許啊，但就是一圈加兩三顆東西。」闕擎自在的說著，「看狀況應該是溺死的。」

說罷，他一口把剩下的麵包塞進口中。

「小剛的前女友嗎？」老胡即刻問向花哥，八卦起來。

「我記得他說過單身好幾年了吧……上一個交往對象是高中同學啊！」

「高中同學溺水了嗎？」

卡在漂流木裡的屍體，載浮載沉的長髮，右手腕上的金色手環……厲心棠緊張的握緊杯子，小剛？

他難道從屍體上拿了那個手環？

小剛跑了好一段路，才發現身後沒有人。

他喊了好幾次棠棠、老胡、沐云或成娟，甚至是那個闞擎的名字，都沒有人回應他，這時他才發現事情不對勁。

爲什麼他們都沒過來？躲在一棵樹下想了想，才想起好像有人喊了後門兩個字。後門在哪兒他根本就不知道，他一進門就把背包擱在前頭的櫃檯邊，所以揹起來就衝了。

如果有後門，那他們鐵定是完全跑不同方向了！

「可惡！」小剛氣忿的搥著樹，但拿凍僵的手擊樹，無疑只是徒增痛苦而已。

他全身凍到發抖，原本全程最多十度的天氣，大家就是穿件羽絨衣就上來了，他裡面甚至穿短袖，備用的圍巾都已經圍上，結果現在卻面臨滂沱大雨且逼近零下的凍人溫度。

雨下成這樣他也無法升火，身上只剩下餅乾跟巧克力，但他現在只想要吃熱的東西……剛剛發生的事他想到就後怕，明明是廢墟他們卻以爲是眞正的溫暖山屋，還吃了東西……嗯！他掩著嘴忍耐的不吐出去，只是不知道放多久的泡麵而已，沒關係的！

喝了口保溫瓶裡的熱水，他連暖暖包都沒帶，眞的是自負了……但沒有人告訴他們，走那個所謂最簡單的山路，會變成山難啊！

現在，就只剩他一個人了！

「啊啊啊——」他痛苦的哭喊著，「棠——棠！店長！花哥！誰啊！」

他想保護厲心棠根本是痴人說夢，人家會的比他多太多了，求生知識，繩結打法，還帶了一大塊天幕！如果沒有厲心棠，他們搞不好早就都死了，他還想逞什麼英雄？

甚至連保護她都做不到，那個叫闕擎的卻爲了她大膽入山，明知道會迷路還是來了，裝備齊全、連地圖路線都研究好，甚至知道哪邊有山屋；而他想的只有怎麼樣幫棠棠拿東西、陪她說話這些膚淺表面的行爲而已。

想到連鹽巴都帶了……小剛苦笑起來，哈哈哈哈，是怎麼樣的人會預定撞邪，還隨身帶那麼大包的鹽巴啊？

「沒用，跟人家比起來太沒用了，難怪棠棠不喜歡你！」小剛蹲在樹下，自怨自艾的哭著。

他真的很可笑，現在荒山野嶺只剩他一個人了，他腦子還在想這種無聊的事。

鈴鈴……隱約的鈴聲自右耳傳來，他狐疑的轉過頭去，真的有鈴聲耶。小心的在樹後探查，看著上方約十點鐘方向的地方，居然在一棵樹枝上發現繫著的塑膠帶子！咦！他知道那種記號帶，通常都是引路的記號，只要看見帶子，就表示到了正確的登山路！

小剛雙眼一亮，趕緊揹穩背包，扣好胸扣腰扣，冒著大雨隨著紅色的布條走！至少是正確的路，走一步算一步。

「現在只剩你自己了，你要加油！」小剛對自己喊話，「至少要有個安全的地方過夜！」

雨勢極大，光線昏暗，他打開頭燈還是繼續前行，空氣越來越稀薄，氣溫更低了，當他意識到雨勢變小時，白色的雪花跟著緩緩飄落。

「啊……」他仰起頭，看著飄落的雪花，其實都忘記腳什麼時候失去感覺了。

他走了多久？他挨著塊大石坐下，喝掉保溫瓶中最後一滴水，好不容易定神看向四周，才發現周遭一片漆黑，除了頭燈所照之處外，什麼都看不見。

想到這幾天的經歷，他趕緊把頭燈關掉，萬一萬一照到什麼不就糟了！他身上也戴有護身符的，出發前去廟裡求的，阿彌陀佛，保佑保佑。

「你會處理嗎？」

遠遠的，他聽到了熟悉的聲音。

「我會，反正再不濟外面的毛不要吃，割開來裡面都是肉，烤熟了就可以吃。」

咦咦！他撐著起身，在黑暗中看向遠處的身影，那是棠棠跟花哥的聲音啊！他們在附近嗎？

「太棒了！我有帶胡椒鹽，我現在想到肚子就餓了！」

「快走吧，這麼冷，我還沒在雪地裡烤過肉咧！」

「花哥！喂！」小剛趕緊出聲要喊，卻發現喉嚨已經凍啞了喊不出來！

「棠……噴！」

喊不出聲就追啊！他瞬間活力無限，急起直追，即使黑暗的山路多危險，半爬半撐也要追上去！花哥竟然還會打獵？他們已經找到地方紮營了嗎……等等，爲什麼他們還有辦法這麼從容？還能安營？像他身上沒有布也沒有帳篷，找不到山洞就只能等凍死了！

還烤肉？他們沒有注意到他沒跟上嗎？

黑暗中要追人有點難度，他索性打開頭燈，希望可以引起注意！燈光一亮，果然看見遠處的花哥明顯的留意到光源，回首瞥了眼，小剛確定他有看見他的！

他喜出望外的打直手臂，雙臂交叉揮舞——

結果，花哥視而不見，正了首，還輕推了棠棠往前。

他們加快了腳步？小剛簡直不敢相信他親眼所見，花哥剛剛明明就看見他了！就算不知道是他本人，也該知道有人啊！

啊，別氣，別氣！他們會不會以爲他是山裡的好兄弟？另一個黃色小飛俠？這幾天大家經受得太多了，說不定還會因此更恐懼的！

小剛反手向後，僵硬的手摸著背包上的口哨，這是亮亮特意交代的，當喊不出聲時，吹哨子就可以讓別人知道你在這裡！好不容易抓到哨子，小剛奮力的一吹——嗶！

嗶——高音響亮的哨笛聲響起，在整座山裡傳著回音。

他不敢停下腳步，因爲已經看不見花哥他們了！一路追、一路吹，但卻發現花哥跟棠棠絲毫沒有停下來的意思。

甚至，棠棠回頭瞥了他一眼，流露出厭惡之感。

「我是……我是人……」他竭盡全力的喊著，沒有效果。

追，他只能追！

他不是鬼啊，他是貨眞價實的人，難道自己的朋友是誰都認不出來了嗎？

上氣不接下氣的追上，他覺得心臟都要跳出來了，肺部吸入凍人的冷空氣彷佛冰扎般的痛。

「走快一點，我好像看到小剛了。」

「我還以爲我看錯了！果然是他嗎？」

撐著一棵大樹在喘息的小剛直覺性的蹲下，因爲聲音來自於正前方，而他現在在幾棵樹後，又有落差，所以蹲下來他們就瞧不見他了。

他眼前是片開闊的地方，現在已經白雪皚皚，有兩頂帳篷在五公尺外，上頭還罩著厲心棠給他們當帳篷用的天幕，那塊布變化眞多，昨天是三角帳，今天變成擋風的一面牆了。

由他視角望出去，右高左低的斜坡，但角度不高，花哥跟棠棠就踩著也不深的雪地，前往有著火光的帳篷。

「兔子？」討人厭的聲音傳來，「你們會處理嗎？」

隱約的瞧見一個站起的人影，一定是那個闞擎。

「我會。」花哥拎著兔子耳朵，往前走著，天幕遮去了某些部分，但他聽了老胡的聲音跟著傳來，「刀子給我，老胡。」

「還好嗎？地會不會滑？」闞擎拉過棠棠的手，緊握著。

「還沒融都還好，又是新雪！我找到一些乾枝，添柴吧，等等要烤兔肉大餐了。」棠棠突然一頓，回首打量，小剛又再蹲下去，「欸，我好像看到小剛。」

「哦？不太可能吧，路差這麼遠，他追得過來？」

「我也看到了，萬一等等找到我們怎麼辦？」花哥的聲音響起，「我們帳篷可沒位子給他睡。」

「我的還是單人帳耶！而且我不可能讓他碰棠棠的。」闕擎摟過了棠棠，「我就討厭他看棠棠的眼神。」

「我也不喜歡。」棠棠聳了聳肩，「我覺得很多事情不必講得這麼明，但是他就是不識相。」

「所以我才甩掉他，反正山難這種事本來就是自求多福。」闕擎的聲音帶著笑，隨著雪飄進小剛耳中。

太過分了。

小剛聽著那邊的歡聲笑語，他們是故意把他扔下的嗎？對啊，沒有人特意來告訴他往後門走，四個人在這裡很舒適啊，又有帳篷又吃烤肉的，居然棄同伴於不顧？

無論如何，大家都是同事，厲心棠也太婊了吧！他爲她做了多少事，就算不接受他，也不能這樣把他放在野外等死啊！

小剛氣急敗壞的拿出隨身的大把瑞士刀，都下雪了，今晚沒有帳篷他鐵定凍死，他要拿走那塊天幕……對，不只如此，他還要割壞他們的帳篷，誰都別想獨善其身！

「啊啊啊——」他猛地暴衝，直接舉著刀衝過去。

「咦？」鄰近的女孩尖叫，向後倒上闕擎。

小剛壓低身子推開厲心棠，抓過帳篷就開始瘋狂的割，割破它們、讓他們也嚐嚐在冰雪中餐風宿露的滋味。

「我這麼喜歡妳！妳怎麼可以這麼對我！」

已經將帳篷割開一個大洞後，眼尾瞄到隔壁帳篷，他也絲毫沒有猶豫，衝過去扯著雙人帳就是一頓猛刺。

「住手！小剛！住手！」棠棠的聲音吼著，但小剛已經完全聽不進去。

他甚至沒有發現，聲音不是來自於他身邊，還是來自於那頂單人帳裡。

帳篷裡闕擎將厲心棠護在身下，手裡握著的指南針準確的指著小剛的方向，剛剛他就聽見哨音了，緊接著指南針從電風扇變成定格，警告著有亡者前來，所以他們倆早努力往後縮去，同時反手拉開帳篷後門的拉鍊，隨時準備鑽出。

隔壁帳篷裡的花哥一陣咆哮，但都沒人能制止發狂的小剛。

「那是小剛！他是怎樣？」厲心棠完全不能理解。

他們已經在睡了，睡得好好的，還是闕擎先搖醒她！然後他把隔壁帳篷喊起床，小心兩個字餘音才落，就聽見有人奔過來，下一秒，刀子便從帳篷頂端出現了！

「你瘋了嗎！王定剛！」花哥怒不可遏，一時失控的吼了出來。王定剛。

叮……鈴聲陡然響起，厲心棠顫動身子，僵硬的豎耳傾聽，鈴聲！是那個鈴聲。

「都待在帳篷裡！」闕擎大吼著警告花哥他們，一把將厲心棠緊緊扣在懷中，現在不能出去。

聞到了嗎？突然出現的可怕腐敗味就在門口，那清脆的鈴聲近在咫尺！

「鈴聲！那個是……」厲心棠緊握飽拳，爲什麼那個女孩會在小剛身上？

小剛還在外頭發狂亂刺，在他的眼裡，所有的同事都站在外頭、站在一旁，花哥甚至拿起刀要攻擊他。

「你們這群自私鬼！」小剛握著刀，就要撲過去。

咚！清脆又響亮的聲音傳來，緊接著是重物落地聲，兩個帳篷裡的人都以靜制動，不懂外面發生什麼事。

「你……你發什麼瘋啊！」女孩的聲音啞著聲吼著，「神經病！」

啊啊啊……厲心棠連忙想爬出去，是成娟！成娟的聲音！

急什麼啊！闕擎拉住她的帽子再度往後拖，直接壓回地上，從後頭的門鑽了出去。

只見一個披頭散髮、滿髮是雪的女孩站在外頭，她流著鼻血，手上拿著保溫瓶，渾身抖個不停。

「活人死人，說實話，我手上有鹽喔。」他右手拱起，假裝裡面包著鹽。

「去你的……」喘不過氣的成娟，咚的一聲跪倒在地。

闞擎上前，不客氣的拿登山杖抵著她的身體，但此時的成娟已經毫無反抗之力，他探上脈搏，確定了她是活人後，才拍拍帳篷。

「活著的，出來幫她，先喝熱水吧。」

厲心棠連忙跑出來，看到成娟時眼淚都飆出來了，「成娟成娟！妳還活著！活著！」

「成娟嗎？」老胡也激動的鑽出，手忙腳亂的幫助虛脫的女孩。

而花哥看著趴在他們帳篷前的小剛，成娟下手真俐落，一記水壺砸暈他。

「他是怎樣？要不是這塊天幕，我們就得淋雪了。」

「應該是幻覺吧，我看他穿得很少，低溫就很容易產生幻覺。」闞擎看了其實很不爽，因爲兩頂帳篷基本上被割出大口子，很難補救，「帳篷被搞成這樣，保暖程度差很多。」

現在是零下，得想個辦法杜絕冷空氣的灌入。

「他怎麼辦？」花哥把小剛手中的刀子取走，氣不打一處來，踢了他一腳。能怎麼辦？闕擎不悅的看著小剛，他哪知道？

「不——不要你們！」小剛驀地大吼一聲，瞬間站起。

那眞的不是正常人能做到的動作，他是從趴在雪地中的姿勢，一秒內直挺挺站起的。

退後！闕擎趕緊叫花哥遠離，小剛身上有東西啊！

「我自己……可以……」他轉身往下坡處走去，「沒問題的，誰稀罕你們啊，我可以去投靠別人！」

厲心棠分神從帳篷裡探出頭，怎麼回事？爲什麼小剛不見了？

由於小剛往下坡走去，厲心棠的視角是看不見的，闕擎要她噤聲，表示現在狀況不好。

「咦？」往下的小剛正痴痴笑著，他看見了！瞧！下方有許多頂溫暖的帳篷，中間還有個大營火在燃燒呢，「……薑湯，我喜歡喝！謝謝！」

他自言自語的走去，再往下坡度變得更斜，他腳一軟，咚的膝蓋跪地。

「你待在這裡守著他們。」闕擎交代花哥，逕自跟著小剛身後走。

小剛趴在雪地裡，吃力艱難的爬行著，幾次試圖要站起來，卻被身上的重量壓得站不起。

不是背包讓他站不起來，是那個女人。

『王定剛！』

前方的帳篷區有人衝了出來，驚訝的尖叫著，『果然是你！』

小剛睜大了欣喜的眼，「……佳臻！」

他咬著牙再一次試圖站起，這次終於馱著背，踉踉蹌蹌的朝前奔去了！他看見前方那溫暖的帳篷營區中，跑出了失聯的同事，小莘一如平時的活潑，佳臻張開雙臂，朝著他衝過來。

他也泛起笑容，邁開腳步，愉快的朝前狂奔。

再走下去，那就不是十度二十度的緩坡了，這下面是垂直的懸崖，所以一路奔前的小剛，在眨眼間就消失在闕擎眼前。

背包應該讓他留下的，至少多點東西可以用……闕擎有點後悔；蹲下身子看著即使滾落卻連慘叫聲都沒有的雪地，這片寬廣的雪地裡，冒出的是一叢又一叢插著三根筷子的記號，還有浮出在雪地中的黃色。

東一塊西一塊，像是埋藏在下方的雨衣一角。

沒有慘叫聲，落地聲都聽不見，大曉得這裡有多高？唯一能隱約聽到的，是放在他羽絨衣口袋裡，那因滾動而震動的手環鈴聲。

鈴……鈴……

王……定……剛。

闕擎扛著登山杖折返，剛剛這裡的凍人都已經消失，雪沒有稍停的現象，他們先得度過這一晚再說。

走了十步路，帳篷出現在眼前，還有老胡，他憂心忡忡的看向他，再往後望。

「小剛？」老胡皺起眉。

闕擎平靜的搖搖頭，他什麼都不必解釋，反正那傢伙就是摔下去了。

「怎麼了？」厲心棠探出頭，「小剛呢？小——爲什麼？沒攔住他嗎？」

闕擎朝著她聳肩，「妳去攔攔，下面是什麼妳不是不知道。」

厲心棠歛起下顎，她知道，只有這片是平緩的，再下去就是萬丈深淵……但她更知道，就算是平地，闕擎也不會出手救小剛的。

他不會。

第十一章 百鬼夜行

闞擎跟花哥合力用天幕將兩個帳篷蓋住，好遮住被割開的部分，由於天幕直接貼在帳篷上怕太重，因此內部再加根登山杖當營柱撐著，只要能躲人就好；兩個女孩擠在單人一帳，闞擎只能去雙人帳擠，三大男人擠一個雙人帳，這種狀況只能坐著睡了。

若不是外面實在太冷，闞擎眞的一點兒都不想擠在裡頭。

成娟因爲過度低溫，飢寒交迫，所以大家煮麵給她吃也讓她休息，不過她手腳確定是凍傷了，如果不快點就醫，只怕狀況會更糟；有別於平時的嬌慣或公主病，這種緊要關頭時，她居然一點都沒有胡鬧，還冷靜得多。

厲心棠之前也有留意到，像在山屋裡時，她會主動幫忙，那時主動要開門的也是她，雖然有點聖母，但是在那個當下，誰也不能確定山屋外求救的是人還是鬼，如果是人……鎖門的他們就太不應該了，因爲山屋是大家的。

結果，成娟竟是因爲這點活下來了。

她當下腳軟走不動，看著一大群人進入山屋，身影若隱若現，一看就知道不是人，那群人走到後門目睹著厲心棠他們奔跑後，回頭走向她；她當時嚇都嚇死了，抱住自己的背包，埋在背包上發抖。

「有個姐姐過來按住我的肩，我還尖叫……但是她是叫我走。」成娟無力的躺在睡袋裡，看著漆黑的帳頂，「他們說剛剛我開了門，是好人，而且不是每個人……都信那、一、套。」

「倒插香，就能回家啊……」厲心棠輕聲說著，這到底是怎麼傳出來的，那些人甚至連對誰祈求都不知道吧？

「多少人做了，也依然在山裡，現在更多人做，是在屍體上標記，找到足夠的人代替自己留下，他們就能回家。」成娟虛弱的說著那些亡者對她說的話，「後來進山屋的姐姐認為傳言是假的，只是太多人想回家的執念太重，所以我們一進山就被盯上了。」

「這麼多人登山，爲什麼就我們被盯上？太不公平了吧？」厲心棠最有意見的是這點。

成娟望著她，緩緩眨著眼，「那個姐姐說，妳知道……」

厲心棠一愣，立即看向她，「我？」

成娟點點頭，她不明白這當中的意思，總之就是原話轉達，「他們讓我跟著妳，就有機會回家，還是他們帶我找到你們的。」

「最好，我現在都不知道要怎麼離開……我不知道，闕擎也不知道。」厲心棠悲傷的望著外頭，「我甚至都不能確定，外面這場雪是眞的下雪，還是那個世界在下雪？」

成娟累得沒再說話，對她而言，晚上能吃到一頓熱食，有溫暖的睡袋可以睡，就算她今天睡著再也醒不來，她也甘願了；人不是沒有求生意志，但在艱困的環境中，還能獲得一絲溫暖時，就會覺得心滿意足。

再者，她自己也知道，沒有同伴，她根本無法靠自己活下去。

「謝謝……」成娟只想說這句話，昏睡前逸出這兩個字。

無論如何，這一路都謝謝了。

厲心棠像哄孩子似的在睡袋上輕輕拍著，成娟根本是秒睡，一點兒都不需要擔心，她坐在帳篷裡靠著背包睡，轉著無名指的戒指，叔叔他們眞的不會來幫她的，這是她的課題。

雖然但是……她眞的好想要回家！她好想對著山的那邊呼喚拉彌亞、喊著德古拉，或是阿天，阿天不是一直都跟著她的嗎？

曲起雙膝，她咬著唇埋在自己膝間哭泣，就這一個人的時間，讓她好好宣洩恐懼與壓力吧。

隔壁帳篷的老胡已經睡死，花哥睡得不安穩，睜眼時發現靠門口的黑髮男子還睜著一雙眼睛，看起來精神奕奕的望著外頭。他伸出長腿，輕輕踢了闕擎一腳，闕擎轉了過來，一臉嫌惡：怎樣？

「你不睡嗎？」花哥用嘴型問。

「我守著，你睡沒關係。」闕擎也用氣音回應，「安穩的睡，我看著。」

花哥有些感動又過意不去，他睡不安生的確是因爲恐懼，但他沒想到這個闞擎竟然主動擔起守夜的責任。

還是我……他還沒開口，闞擎就指著他，「你睡，我累的話再叫你。」

花哥擰起眉點點頭，朝他伸出拳頭，闞擎望著那拳頭覺得尷尬，他平時都不喜與人交際的，但現在卻……他也握了拳輕輕互擊，知道花哥是好意，也是個重義氣的人吧。

全世界沒有人比棠棠這個朋友守夜更令人安心的了，他知道這男人很神祕，也覺得棠棠非常特別，但多餘的事他都不想問，別人的隱私與他無關，平時大家做好自己的工作、危急時刻互相幫助，這樣就好，問太多私事毫無助益，只是滿足自己的八卦之魂罷了。

像老胡的體質很常遇到好兄弟他也知道，只要看眼神就能分辨，但他也從未問過什麼，就依照老胡說的行事就好。

闔上雙眼前，他沒有想著隔天醒來就得救，他只希望店長跟成娟一樣，也能找到他們。

嚓！

淺眠的闞擎跳開眼皮，他聽見了有東西在雪地上的聲響，繃緊神經仔細聆聽，不只一聲，是一聲接著一聲，像是登山杖在雪地裡的聲響，甚至還有行走著的足音，沙沙、沙沙，沙沙沙……一步接一步，一個接著一個。

他謹慎的打開帳篷，大膽的鑽了出去，他們的帳蓬外沒有人，聲音是來自背後上方的。

闕擎走出帳外一兩公尺，現在雪已經有二十公分深了，他們的帳篷都在雪地裡，他回首向上望去，大雪已停，夜空竟清澈明朗，銀白的月光灑在白色的雪地上，世界完全無需照明的銀光閃閃。

逼近月圓，要半個月了嗎？

月明星稀，這山頂上幾乎不必燈光，闕擎回首看著身後的山脊稜線上，滿滿的一排的「人」正在月光下朝著山頂前進，登山杖插進雪裡，釘鞋踩雪，有許多人身上互相繫著繩子，就怕會掉下去，

放眼望去，整條稜線上都是人，這絕對是超過百人的登山隊伍啊！

闕擎毫不客氣的把厲心棠叫醒，她沒回神就被拖出來，睡眼惺忪的看著他，腦袋正在暖機。

「幹嘛啦……」她縮著身子，連外套都沒穿。

「妳看！」闕擎趕緊將她轉過身，指向稜線上的登山隊伍，「這才叫眞正的，百鬼夜行。」

咦咦……厲心棠瞬間醒了，一整列的人吃力的在夜半時分朝山頂走去，一個

接著一個，她甚至看到有一行三個人用繩子繫在一起，中間那個人腳一滑，剎地就往下掉落，前後的同伴措手不及，跟著被拖上地，直接落下了山崖。

但後面的山友沒有反應，依舊走著自己的路。

喀，登山杖插地的聲音突然自後方傳來，四自方響起，厲心棠綳緊神經的回眸，見到許多登山者，紛紛走上他們這塊斜坡，或休息、或喝水，更多的是站在原地望著他們。

憑空出現的影子閃現，逐漸出現更多的人形，每個人都慘白著一張臉，身上髮上都帶著霜，望著他們。

『要登頂嗎？得把握好天氣喔！』山友們笑著，插好登山杖搓著手。

『到山頂，就能看到絕妙的景色，那是什麼都無法比擬的。』

闕擎回過身，順勢把厲心棠朝背後塞，「是嗎？跟家的景色比起來如何？」

剎，世間一切彷彿突然靜止，前方的山友們動作紛紛僵硬，甚至連上方的登山足音也都停了；厲心棠悄悄回首，整條稜線上的人全都不約而同的向下看向他們。

闕擎也太會哪壺不開提哪壺了啦！

最前方的男人緩緩抬頭，眼神裡是恐懼、是忿怒，他顫抖著手脫下手套，狠狠瞪著闕擎。

『對，沒有什麼比家更好了！』他吼著扯下手套的瞬間，整隻手掌跟著手套掉下來了。

天哪！厲心棠看著那掉落雪地的手掌，像塊冰雕般落下的堅硬啊！她在背後暗暗拉拉闕擎的衣服，是不是以和爲貴咧？

「那倒不一定，不是每個家都值得留戀啦！」他嘆口氣，「但我們也不想待在山裡，別的人不說，光是讓她留在山裡——」

莫名其妙的，闕擎驀地把厲心棠推出去，「你們都會吃不完兜著走。」

咦？咦咦？厲心棠雙肩被他按著，突然間被推到前方，與那票山友就差個兩公尺面面相望。

「讓無辜的人山難是無法讓你們回家的，亡靈需要引渡、需要牽引，而你們需要……被找到。」厲心棠趕緊出聲，「山裡的人無法離開，除非遺體被尋獲才能跟著走的。」

『或是找到人代替啊！』後方有人喊了出來，『如果找得到三個人，我們就能去到那山頂，躍下就能回家了！』

「不可能！」厲心棠情急之下，斬釘截鐵的否定，「我們店裡，從來沒有從山裡回來的人！」

你們店裡？闕擎從亡者中讀到了困惑的氣息。

「百鬼夜行，一間歡迎亡靈、惡鬼、惡魔與妖怪的酒吧。」闕擎非常好心的趁機打廣告，最後全世界的亡靈怨魂都去「百鬼夜行」！別來找他！

厲心棠發現自己因爲害怕說得太急了，但話都出口了也來不及，「除非你們的遺體被帶離山中，否則沒有誰能離開山裡……甚至有的人即使被找到，靈也不一定能跟出來。」

她從小的記憶中，「百鬼夜行」裡來的客人，就沒有從山裡回來的，即使是被找到的也一樣。

雅姐說過，那些人不是離不開山，而是因爲有一部分已經屬於山。

叫囂聲開始傳來，多數人是不相信的，他們眞的都認爲只要把活人留下，就能離開嗎？

『不急，大家何必激動。』在一旁的樹林間，傳來平靜的聲音，『他們很快就會加入我們，你們到時就知道了。』

「是嗎？我並不喜歡這裡。」闕擎看向林子裡，他倒是看得很清楚，裡頭自然是一大堆登山者，那邊是上稜線的路徑，「我們會離開的！」

『救難隊找不到你們的，山要你們留下，你們就得留下。』那聲音笑了起來，『感受一下吧！哭喊著、嘶吼著，只有回音會回應你的時刻。』

眼前的人們重新拿起登山杖，他們往山上走去，厲心棠看著他們踩過的雪地，腳印總是在數秒內消失無蹤，回首看向稜線上重新開始移動的人們，眞正的百鬼夜行啊，在月色下登頂實在壯觀，但她沒膽子拍下來。

「登頂後再跳下去，就能回家？這眞的是瀕死前產生的各種幻覺傳說集合體吧？」闕擎覺得頭疼，「或是眞的有什麼在作祟？」

「能作祟的事物太多了，山裡太多靈，人類、動物都是靈……雪女曾說過，有時情緒也能集合成一種靈，或是念。」例如悲傷過度、或是忿恨過度，這些強烈的情感如果大量集合起來，就能變成一種殺傷力很強的「念」。

山頂啊……闕擎看著在月光下前行的故人們，想到抓狂的小剛，感受著一個人在山難中產生的孤寂恐懼，其實幻想出任何事都不意外了。

但剛剛那個亡靈說得很對，只要這些傢伙不讓救難隊看見他們幾個，他們是撐不久的！呼！

留意到厲心棠在搓著雙臂，他趕緊推她回帳篷，沒穿外套也站太久。

「他們會不會再來？」厲心棠憂心忡忡，「直接把我們推下去之類的。」

「護身符都擺了，今晚沒感到有太多的殺氣……」闕擎微蹙眉，「我想是要等溫度殺了我們吧。」

厲心棠搖搖頭，他們還能撐的！輕輕握了握闕擎的手，她趕緊鑽進帳篷裡。

「晚安喔。」

「嗯。」

闕擎倒不急，他雙手叉腰在原地緩緩轉著圈，又在某瞬間回身時，什麼登山者、什麼稜線上的百鬼夜行突然都消失了，只剩下月光與寒冷是眞實的。

必須想個辦法，破掉這些亡者對外的障眼法。

要不然……他望向厲心棠的帳篷，不必兩天，裡頭就要多一個離不開的傢伙了。

刺眼的陽光喚醒眾人，曬在身上是暖暖的，但沒有太大作用，氣溫比前幾日都更低了，所以遍地白雪也沒有因爲陽光而融化。

老胡起床後小心的在斜坡上畫出ＳＯＳ的字樣，這裡寬廣又無遮擋，只要直昇機飛過來，就一定能看得見。

「你這樣畫最好會清楚！」花哥沒好氣的說，「要用樹枝！不然也得上色啊！」

「我最好隨身帶顏料啦！」老胡抱怨著。

「我去砍！」花哥邊說，一邊橫向要走進樹林裡。

「等等，我跟你去！那個你——」闕擎喚住老胡，「你走上來，不要再走下去了，等等雪裡隨便一具屍體把你絆倒，你就掰了。」

老胡嚇得直打哆嗦，連忙奔了上來。

「你不要嚇他！」厲心棠掀開帳篷彎身走出。

「我最好是嚇他，他看得比妳還清楚！這地上多少三炷香？不知道死過多少人！」闕擎回到背包裡找工具，他記得亮亮有帶鋸子的，「裡面那個怎樣？」

「成娟，人家叫成娟。」厲心棠認眞的糾正，「她還在睡，但一直在發燒。」

闕擎微蹙眉，「妳小心點，我怕她產生幻覺，到時別心軟。」

厲心棠不耐煩的扯了嘴角，說什麼啊，講得一副好像必要時得把成娟幹掉一樣。不過……她喉頭一緊，想起了昨晚的小剛，在略高處的他們只能看見闕擎上半身的身影，完全瞧不見走下的小剛，到底發生了什麼事？

闕擎不會幫他的，她不意外，她只希望他沒有助小剛「一臂之力」。

老胡跑上來幫忙，厲心棠忙著準備早餐，戴著墨鏡迎接刺眼的太陽，無論如何，總比暴風雪的天氣好。

闕擎走向花哥，他們一起前往樹林，不過幾十步的距離，地上的落枝大部分都濕了，所以他們打算砍鋸上方的樹枝樹幹比較實在。

花哥體能不錯，這幾天雖說瘦了，但還是比老胡可靠多了。

「你跟店長走散就類似這樣的地方嗎？」

闕擎在低處鋸著時，當閒聊發問。

「呃……再下去一點！但環境差不多。」花哥抱著樹幹中間鋸著上方的樹枝，「我找到的草原，跟我們這裡很像，店長是在下面等我的……你說，這種路、這種全是樹林的地方，他能去哪裡？」

「其實只要能走的都算路，但感覺範圍不大啊……」闕擎略略點頭，只怕他們走的是同一條路，但彼此瞧不見。

「我還聽見他的叫聲，喊了也不應我。」花哥又嘆口氣，「不過成娟昨天出現了，我就希望店長也能找到我們，因爲那些黃色小飛俠們，好像也不全是壞的。」

闕擎回首，注視著花哥勤快的身影，四個人，兩人上山兩人下切河谷，最後出現的只有他一個人……他不是懷疑花哥，他是不信任每一個人啊！

鋸得一堆樹枝後，闕擎冷不防走近花哥身後。

「我在想，要不要倒插三炷香試試？」

咦？在樹上的花哥登時愣住，他朝下望著仰頭的闕擎，一臉不可思議。

「你在說什麼幹話？」他突然咻地跳了下來，「你沒看一路都那個邪門的東西嗎？」

「但我們出不去的，這裡的亡者有意遮蔽我們，我們能怎麼辦？」闕擎語氣平靜，「而且我們根本搞不懂倒插的意義，說不定只是個安慰劑？或是前人插錯了，例如對方沒有認眞的注意筷子正反？」

花哥皺起眉，「不行！那東西太邪，萬一我們全出事怎麼辦？」

「所以我……」闕擎才要說話，噠噠的巨響打斷了他。

噠噠噠噠噠，直昇機的聲音響徹雲霄，正在餵成娟喝水的厲心棠當即愣住，把水杯塞進成娟手裡就趕緊衝出帳篷！

「是直昇機！」她尖聲往樹林這邊吼，其實闕擎他們兩個根本聽不見她在喊什麼。

老胡拼了命的揮手，厲心棠焦急忙亂的找著有顏色的頭巾，也死命的朝著上方揮動，風勢因爲直昇機的逼近增強了，但這一點兒都沒影響他們在上方揮舞雙手的又叫又跳！

黑影終於出現在上空，他們周邊非常寬廣，絕對可以看得見他們的，再不然也能看見帳篷，她的天幕是紅色的，紅色在雪地上豈不顯眼？再往前看看，搜救隊應該就是來找他們的，就能看見求救的、ＳＯＳ！

「這裡！這裡！」老胡也喊得聲嘶力竭，但是直昇機從遠方飛來，越來越近……來到他們正上方。

側轉個彎，遠去了。

「喂——」厲心棠怒吼著，「喂！瞎了嗎？」

「這裡啊！你們錯過了！」老胡也激動的大喊著。

沒看見？厲心棠聽著聲音越來越遠，直昇機的影子越來越小，這麼寬闊的地方、這麼醒目的帳篷，怎麼會沒看見！搜救直昇機飛得可一點都不高啊。

樹林與雪地邊界的兩個男人驚愕的站在原地，花哥半晌都說不出話。

「我說了，看不見的，他們不想讓我們被救，只要遮住我們，我們早晚死在山裡。」闕擎搖了搖頭，「跟著倒插看看，我想知道究竟會發生什麼事。」

花哥緩緩看向身邊的闕擎，雙拳緊緊握著，「不行！不熟悉不明白的事不能照樣搞，這一山的鬼你不是都瞧得見嗎？」

「不想辦法破就得全死。」闕擎瞥向了他，「成娟撐不了太久的，我昨天看她的手腳已經發黑，現在又全身發燒，還能撐多久？」

花哥深呼吸，再深呼吸，他沒理闕擎的回身，走到樹下抱起剛剛鋸下的樹枝，闕擎緩緩跟來，也抱起自個兒砍的；現在看來拼SOS沒什麼必要了，因爲直昇機根本看不見他們。

「那我來吧。」花哥在轉身時突然說了。

「什麼？」

「我意志算堅定，加上我已經沒有家人了，也不會懷念家，萬一困在這山裡也沒關係，反正早已無處可去。」花哥說這些話時，倒沒有一絲悲傷，「我遠離你們，找個地方倒插上三根樹枝。」

呵……闞擎輕輕笑起來，輕拍他的後背，「說得一副每個人都有家可回的樣子。」

「咦？」花哥一陣錯愕，看著掠過他往前的闞擎，「你……對不起，我沒有想到——」

「沒事……誰說你沒人等的？你要出事，老胡不哭死？」闞擎調侃道，花哥登時一陣僵硬，瞬間臉紅。

「你你你……跟棠棠。」

「我真的跟她沒關係！等等先別提這件事，我還有一個想法。」闞擎小聲說著，帳篷前的一男一女正沮喪的回頭看向他們，「等等你削幾根樹枝吧，尾端削尖，以備不時之需。」

老胡正走來，連舉起的手都有些生無可戀，但掛著一副想哭的模樣，軟軟的有些脆弱的老胡，現在看起來其實很令人心疼；花哥看著老胡，泛出淡淡笑意。

「沒看到！這樣居然沒看到！」老胡迎上前，就是一頓罵罵咧咧。

厲心棠其實很懂這種狀況，沒說什麼，只是在想這鬼遮眼也太強，還不是遮他們的眼，是遮外人的眼。

「先吃早餐吧，吃飽才有精神。」花哥安慰道，開始添柴升火，還是得好好做頓飯，裡頭的成娟也需要吃一點。

雪地很濕，柴火得放在一個較乾的地方，闕擎來來回回忙碌，這個背包翻翻、那個背包看看，甚至也要求查看一下老胡跟花哥的背包，他想看看有沒有可用的東西。

或是可疑的東西。

大家都任他翻，反正也沒什麼好藏的，厲心棠在成娟包包裡找到了不少零食，愛吃的她跟佳臻果然把大部份的零食都帶來了，甚至還有拉麵，這簡直是天大的小確幸。

花哥趁空拾了樹枝，已經開始用瑞士刀削著樹枝，先折短樹枝再尾端削尖，一來可以做防身武器，二來或許也能成爲倒插香的樹枝。

大家一大早就吃成娟帶的拉麵，完全幸福，厲心棠進帳篷一口一口的餵她，成娟有氣無力，但還是能吃東西；吃飽後再讓她吃消炎跟退燒的藥物，因爲她始終高燒不退。

外頭人簡單收拾著，厲心棠鑽出帳篷時臉色不太好，成娟狀況不優。

大家都知道，所以當務之急是離開這裡。闕擎仰頭看著在藍天中的白色煙霧，就連這樣的煙也都傳不出去嗎？

「棠——棠！」

遠遠的，很遠很遠，傳來了女孩的呼叫聲，正咬下餅乾的厲心棠立刻一陣怔。

「花哥！花哥啊！——還有老胡！呀——」興奮的叫聲傳來，花哥停下了手裡削尖樹枝的舉動，吃驚的看往聲音的方向。

連帳篷裡要睡著的成娟都睜開眼睛，這聲音是……是——

「佳……佳臻？」

那是在相當底下的樹林間傳出來，因為山勢地形的蜿蜒，所以正在往上走的人可以瞧見在坡上頭搭帳篷的他們，女孩們就在邊上朝上揮手，接著一行人拼了命的要往上爬。

「是佳臻！還有小莘！」厲心棠開心的叫出聲，「另一個是店長吧！花哥，他們都沒事！」

花哥一時震驚，說不出話來，但眉頭卻皺了起來。

「我去找他們！」老胡興奮過度，急著想去接。

「別跑別跑！我們在這裡等就好……」厲心棠攔下他，「下了雪，你這樣往下走很危險……」

厲心棠邊說，笑容同時緩緩僵住，往下走很危險……對。

所以下切河谷的人，爲什麼現在會出現在稜線上？

「我認爲你聽見店長的聲音是眞的，只是他跟別人在一起，你看不見罷了！」闕擎突然走向花哥，「我曾懷疑是不是你嫌麻煩而捨下了他，但看起來應該不是你。」

花哥瞪大雙眼，「你在說什麼？我捨下店長？我會是那種——喂，你幹嘛!?」

闕擎抽過他手上的樹枝，剛好三根。

「回帳篷去。」闕擎的語氣突然嚴厲且不容反抗，「除非我跟這傢伙親自拉開帳篷拉鍊叫你們出來，或是十二小時後都沒回來，你們就自行離開找生路吧！」

花哥愣在當場，老胡依舊丈二金剛摸不著頭腦。

「剛剛不是這樣說的！我說過我沒有家人了！沒人在等我！我什麼都沒有了——」

「他，不是會等你嗎？」闕擎直接指向老胡，「進去！再不進去就來不及了！」

老胡錯愕不解，回頭看向花哥，「到底在說什麼？」

爬山速度極快的佳臻三人，這眞的快跟飛的一樣了！花哥一咬牙，拽過老胡往帳篷裡塞，「棠棠！」

厲心棠沒有遲疑，直接衝向帳篷邊，將水往裡頭扔進去，「成娟，聽到剛剛的話了吧，不許出來！」雖然她應該也沒辦法獨自出來！

「棠……」成娟想說些什麼，厲心棠已經把帳篷蓋下，外層拉鍊拉起，同時衝過去幫花哥那帳封好。

「怎麼……喂，我們自己來就好了，妳快進帳啊！」花哥嚷著，但厲心棠已經完整的把拉鍊拉妥了。

她站起身，雙拳緊握，回頭看著朝前走去的闕擊，他也向左後回首朝她伸出手。

厲心棠走了過去，搭上他冰冷的大掌，一把被拉近他身側。

「我可不會躲。」闕擊從頭到尾可沒叫她進帳篷。

「開什麼玩笑，我是爲了妳才身陷這種境地的，哪有放妳開心的道理？」闕擊實話實說，抓過她的右手，「倒插，三炷香。」

「欸……有……有用嗎？」她看見他手裡的樹枝嚇到了，「這不是很邪嗎？」

闕擊笑著用下巴指下地面，「都有個一樣邪門的陣了，還怕什麼？而且妳怕什麼啊？」

「叔叔要是可以來救我，他們早就來了！」厲心棠嚷嚷著，「連拉彌亞都沒出現啊！」

闕擎只是笑著，他當然知道，就是因爲與外界全然隔絕，他才要試它一試。反正他跟厲心棠都是可以試險的身分，不怕——才怪。

緊緊握著厲心棠的手，他們拿著擺放好的樹枝，朝眼前的雪地裡插了下去——奔跑聲依然不止，佳臻他們欣喜若狂的跑了過來，小莘跟在後面，店長有點兒喘，放慢了腳步。

但是，從剛剛他們打招呼那個距離，直到帳篷區，昨天他們可是走了一個小時，這幾個人花不到幾分鐘呢！

樹枝插入土裡時，爲首的佳臻是戛然止步的，隱約的，還聽見小莘的驚叫聲。

厲心棠看著眼前的冰冷白雪，插入土內的樹枝，剛剛一瞬間覺得雪地有點折射，連周遭都彷彿有波動，抬頭看向眼前的壯麗景色，世界像變了，又像沒變，好像套上一層略黃的濾鏡似的。

闕擎拉著她一同站起，他也緩緩環視四周，看著走來的女孩們，忍不住笑了起來。

「哇塞，妳們看起來超級正常。」

「嗄？」佳臻錯愕，「他在說什麼啊？他是誰？」

「我朋友。」厲心棠看著佳臻，她就很正常啊，闕擎在說什麼？

小莘盯著眼前的樹枝，面有難色，「你們在做什麼？」

「許願，希望這座山能讓我們走出去。」闕擎聳了聳肩，「我看到不少人都這麼做，妳們有嗎？」

小莘打了個寒顫，慘白著一張臉，「沒……沒有。」

佳臻臉色其實也很不好，有別於剛剛的興奮，反而帶了點責難，回頭望向店長，「店長，棠棠她、他們剛剛倒插香祈求可以離開了！」

店長點著頭，穩當的走來，「我知道了，我沒想到棠棠會這麼做。」

「妨礙到你們了嗎？還是這樣許願的話，就不算KPI了？」闕擎說話突然句句帶刀，「你們本來打算怎麼做？誘騙我們說得救了，再帶我們去送死？」

「闕擎！」厲心棠嚷了起來，「你在說什麼？」

「他們知道我在說什麼，現在在我眼裡，妳這三個同事跟活人沒什麼兩樣！看。」闕擎指向佳臻，「活潑的女孩，這個是比較溫柔順……或沒主見的，後面那個就是你們店長吧。」

厲心棠嚥了口口水，什麼叫做再正常不過？言下之意，他們不該是正常的嗎？

「我聽說妳們兩個下切河谷了，沒事嗎？怎麼會在這裡？」厲心棠雙手互扣，「跟店長又怎麼遇到的？」

「中間反悔了，那個水急到過不去，所以就想追上店長他們……一直到昨天才意外遇到的。」小莘往旁一瞟，「成娟沒事吧？老胡跟花哥呢？」

「成娟！」佳臻高喊著，她的好馬吉啊。

她才走兩步，厲心棠飛快的繞過闕擎身後，以身擋下了她。

「別這樣。」她指甲嵌進了手背裡，都快哭了。

「棠棠？妳怎麼了？」佳臻有點莫名奇妙，「放心，我們都沒事！而且我剛聽見直昇機的聲音，他們會來救我們的。」

「妳是怎麼死的？」厲心棠用力做了個深呼吸，「是渡河時出的意外嗎？小莘也是？」

佳臻依舊蹙眉，呸呸呸的喊著烏鴉嘴，但她身後的小莘卻彷彿被說中般的咬著唇，淚水跟著滑落。

「這個是死在水裡，不過不是溺水，在死前就已經身體都撞到變形了。這一位應該是被動物攻擊，內臟都碎，被吃掉了吧！」闕擎直接說出她們的死因，看向後頭的店長，「這位我猜是摔下去的，但剛剛太遠看不清楚。」

店長微微一笑，「好厲害的人，陰陽眼嗎？」

「對，剛剛看你們時都是死狀，現在卻再正常不過了，剛剛那倒插樹枝應該很有效！」闕擎冷冷的看著小莘，「而且你們都沒關心一下小剛，看來是知道他也掰了。」

「我們不是故意的，但是很多人跟我們說，只要找到人代替自己留下來，就可以回家了！可以走出去——」小莘激動的上前想握住厲心棠的手，「我只是想回家，我眞的不想待在這裡！」

佳臻的笑顏瞬間消失，眼神凶惡的瞪向成娟所在的帳篷，「成娟還沒死嗎？她怎麼可以活著！」

「佳臻！妳說什麼啊？妳希望她死嗎？」厲心棠非常震驚。

「好朋友？為什麼我會這麼慘？就是她，是她說迷路時要下切河谷的！」佳臻怒極攻心的吼著。

出發前說得頭頭是道，路上也在說萬一迷路的話，下切河谷是最好的方式，又有水又有食物，而且搜救隊都會到河邊尋找，因為大家都會朝水源處走！然後呢？她堅持著往河谷走，下場是什麼？

可是成娟，現在卻在稜線上！

啊啊，厲心棠終於明白，為什麼山屋裡時她的臉色很難看，又為什麼昨夜高燒不退的成娟不停囈語著：對不起，都是我的錯。

「自己常識不足還要怪人啊，別人說什麼就是什麼？出發前不做功課？」闕擎回身，拍拍厲心棠，「瞧，登山大隊又出現了。」

即使是在太陽下，稜線上的隊伍依然沒有消失，也一直有人掉落、消失，等等可能又會再出現。

「要找到幾個人就可以回家？」厲心棠幽幽問著，「你們的聽說版本是什麼？」

「三個人，但版本不確定。」店長上前拉住了佳臻，「好了，妳別再針對她了，大家都是同事啊！」

佳臻完全不能理解，咬牙切齒，「我死了啊！我因爲她、才死了啊！她卻還活著？」

「聽誰說的？其他的遇難者嗎？」厲心棠又問。

「我們也是別人的……業績吧！」店長用了一個心酸的詞，「我們一開始，就不該跟著黃色小飛俠走。」

好像從跟著那黃色小飛俠行走開始，就什麼都註定了。

厲心棠看著一個個朝山頂走去的人，突然下定決心。

「那上山吧！跟上那些山友，我想知道到底倒插香的眞相是什麼，還有是不是攻頂後有勇氣躍下就能離開。」

「什麼？」小莘驚訝的聽到了關鍵詞，「攻頂後再躍下就能離開？」

「對，他一直以來都能聽見跟看到亡者，昨天晚上他聽見有人在交談……」厲心棠堅定的看向闕擎，「對吧，在月光之下。」

闕擎凝視著厲心棠，劃上了複雜的笑容，緩緩點著頭。

會扯謊設陷阱了啊，厲小姐。

「是，在皎潔的月光下，尤其滿月時分，應該是今明兩天吧！只要攻頂，然後跟隨著……」闕擎頓了一頓，「黃色小飛俠的步伐。」

「什麼？怎麼可能跟著黃色小飛俠？」店長不理解，「我們落到今天這個地步，就是因爲跟上了黃色小飛俠！」

「你們現在不是人了！倒插香就是個儀式，是向非人祈禱，當然要跟著山裡的傳統。」闕擎堅定的說著，「隊伍這麼長，快點上去吧，尤其你們是新來的，天曉得上面還有什麼規矩。」

店長遲疑著，而佳臻仍舊恨恨瞪著帳篷裡的成娟。

「要她的命沒有用，先想法子讓自己離開吧。」厲心棠催促著，回身去準備自己的背包，「我們也要上去！」

「你們？」佳臻瞪圓雙眼，「你們上去，還不如現在就讓我推你們下去算了！」

「說不定只有我知道眞正離開這裡的方式喔！」闕擎悠哉悠哉的走來，「整座山裡，只有我知道，我建議妳多點敬意吧！」

佳臻的臉色變得異常難看，小莘趕忙上前拉走她，快走吧，能回家都是機會！誰都不想一輩子關在這裡！店長朝闕擎頷了首，一起拉走了勉爲其難的佳臻，闕擎沒說什麼，走回自己帶來的小背包旁，拿取需要的東西。

「妳的水放我這裡吧，多餘的不必帶了。」闕擎交代著，「帶高熱量的食物就好。」

厲心棠點點頭，呼吸卻相當急促。

她撒了謊，編造了謊言，但闕擎不但接話還都沒有說破，甚至跟她一起說得煞有其事。

「我……」

「妳說的就是對的，要相信自己說的東西。」闕擎拍拍帳頂，「我交代的不要忘了，除非我們回來打開帳篷，或是等十二個小時後才能出來。」

「知道了。」幾秒後，老胡哽咽的出聲。

花哥一語不發，在裡面的他們已經從對話得知，店長、佳臻以及小莘他們都已經死於非命了；成娟躺在床上哭泣著，是，這就是她在山屋裡聽見棠棠說不該走河谷時爲什麼會崩潰，因爲就是她告訴佳臻的！

闕擎揹起他原本的背包，厲心棠把水放在他那兒，兩個人拿著一雙登山杖就出發了；出發前闕擎還刻意把那個買來的陣法畫得深一點，以防萬一。

他們走回樹林裡，看見了許多準備上山的「人們」，厲心棠看出他們臉色都很差，果然都不是活人，但倒也都沒有以死狀示人，而在闕擎眼裡就都是活生生的人們。

但亡者看著他們的眼神卻很可怕，既了無生氣，卻又彷彿對他們帶了渴望。

「我們時間內走得到嗎？」厲心棠問著。

「走得到，我們離山頂不遠了，這是其中一個峰，不是主峰。」闕擎看著前方緩慢的依序前進，有幾分不耐，「這些不是登山者嗎？怎麼動作這麼慢？」

說時遲那時快，有個人腳一踩空，直接朝後摔了下去。

他淒慘的往後滾落，準確的說，是穿過其他亡靈的身體，撞上樹幹、石頭，鮮血四濺，人都還沒停下，已經折得不成人形了。

但後方的亡靈們還是依序的走著，厲心棠剛剛嚇得緊揪住前頭的闕擎，看著那個終於停下的亡者，見他緩緩站起，然後骨骼歸位，接著以迅雷不及掩耳的速度來到他們面前，又再一次走過剛剛的路、再一次踩空、再一次——

她想起了昨晚那個在稜線上滑落的三人組。

闕擎突然要厲心棠退後點，他等著那個人重新再爬上來時，又要踩空之際，驀地出手拉住了他。

「小心腳下。」他堅定的看著對方，甚至拉他一把，讓他穩定的踩上。

那個男人用一種極度驚恐又不可置信的神情看著他，前後的人也都望向他們，但是這個男人就是這樣穩穩的踩上去了，也不再往後摔。

看來也是有人，永遠都過不了自己那一關啊。

「今晚月圓多重要，好好跟著黃色小飛俠的身影，從山頂躍下就能回家，錯過了可怎麼辦？」闕擎認眞的對著男人說道。

這波說法，立即引起亡者們的反應，而他也不再多話，拉著厲心棠就往上走了。

厲心棠也看出來了，這些亡者爲了一個無法確定的傳說，生前到死後都依循著，就爲了回家。

他們兩個一一超前其他的登山者，多數亡者都是緩慢前行的，有人是依循自己的路，但多數可能死亡前根本沒走過這裡吧？一上稜線，厲心棠即刻拿出勾鎖跟繩子，把闕擎跟自己栓在一起。

「我可靠妳了啊！」闕擎打趣的說。

「我還不知道自己能不能咧！」她不停的張合雙手，因爲眞的很冷，「我只希望不要有暴風雪。」

「不會的，有點信心。」闕擎在她耳畔低語，「他們也要回家啊。」

如果現在是亡者掌控的世界，那天候應該也能控制了吧！

「你就跟著我的步伐走！」厲心棠戴上雪鏡，深吸了一口氣，跨出了步伐。

闕擎眺望著極致美景，穩當的跟著厲心棠身後走，他們跟著其他亡者前進，每個人眼底都彷彿巴不得他們能摔下去，但稜線相當寬廣，天氣又這麼好，只能讓他們失望了。

闕擎知道厲心棠的用意，她要製造另一個謠言，讓大家往山頂去，分散他們對活人的注意力，這傢伙越來越聰明了，既知道要開始防人，也懂得設陷阱了啊！

而他會接話，是因爲他想到了一個賭命的方式。

先不管終點有什麼，山裡的主宰者會不會出現，反正他已經備齊了兩樣東西。

一個是厲心棠，另一個是放在他背包裡的。

黃色雨衣。

第十二章 倒插祈願

稜線一路並不陡峭，困難的是低溫及與天氣抗衡，但幸運的天氣很好，一切順利，剩下的就是體力了，但現在咬著牙，他們也會撐下去。

當滿月升上夜空時，厲心棠覺得自己快要走不動了。

「就快到了。」身後的闕擎推著她，「妳等等可千萬不要離我太遠。」

厲心棠痛苦的喘著氣，「繩子不拆，就不會有這個問題了。」

「很好，」闕擎突然拉住她，「換個位子吧！」

「你？你走前面？」厲心棠完全不安心。

「對！我走前面，接下來的路妳跟隨我。」他居然笑了，這笑容完全沒有讓厲心棠覺得小鹿亂撞，反而毛骨悚然。

他要做什麼？

只見闕擎從口袋裡突然拿出一個輕便雨衣，唰地打開，接著開始往身上套。

「闕擎!?」厲心棠簡直瞠目結舌，「你、你帶這種雨衣來……天哪！跟著黃色小飛俠走。」

「嗯哼。」他沒回頭，正忙著穿雨衣呢！

厲心棠只愣了幾秒，趕緊出手幫他把雨衣套好，闕擎在製造傳說！

他套好黃色雨衣，咬緊牙關往前行，果然沒走十步，當經過其他亡者身邊時便引起注意，亡靈們看著這兩個活人正快速的朝山頂走，而且那個活人……穿著黃色的雨衣。

『是黃色小飛俠！』

『是那、個、人嗎？』

闕擎聞言，還不慌不忙的高舉左手，他左手早捏妥三根樹枝，就是倒插香的模樣！

厲心棠是既害怕又覺得好笑，哭笑不得啊！

『黃色小飛俠！是黃色小飛俠！』

鬼魂的世界向來傳話傳得很快，這也就是為什麼倒插香祈求離開的傳聞會迅速漫延，連死亡沒多久的店長他們都知道。

往前看，山頂風漸漸大了起來，但是眼前是條三十度的長坡，只要走到末端，就是山頂了。

厲心棠或咬唇或掐自己的讓自己清醒，風迎面颳至，颳得她臉好痛，且阻礙了他們前行的速度，用登山杖硬撐，還是一步一步，朝著山頂慢慢前進；山頂是個突然垂直高起的地方，得爬上約兩公尺的石壁，才能站上去。

但是，等他們逼近攻頂時，卻發現下頭聚了一堆亡者，他們就卡在底下，仰望並帶有敬畏的望著山頂，卻沒人攀上去。

啊……

「說得也是，他們沒人攻頂過……」厲心棠突然意會到事實，一陣鼻酸。在這裡的人，多數尚未攻頂就罹難了。

『不，我上去過，我是回程時出的事。』排在第一個的年輕男孩突然開口，看著眼前的闕擎相當動心，『但是上面……有我們崇敬的對象，眞的不敢上去。』

厲心棠瞪大眼睛看向說話的男孩，一時怒極攻心。

「阿翰！」她氣得想上前，「他就是那個騙我們的嚮導，穿著黃色雨衣，把我們帶到迷路的傢伙！」

『我以爲大家都該知道，不要跟著黃色小飛俠走呢！』阿翰冷冷笑著，『一群蠢貨！』

「你……你佯裝嚮導騙我們耶！我們什麼都不懂，當然是跟著嚮導走啊！」

厲心棠越聽越火大，不過闕擎卻在一旁拉著她。

『嗯哼。』阿翰一臉無所謂的樣子，撇過頭去，『反正大家都別想回家。』

『他本來就是那種卑鄙的人！』後頭上山的人群有人暴出怒吼，『所有悲劇都是你造成的！』

阿翰看向爬上來的男生，臉上浮現不悅，『有完沒完啊，都幾十年了！還一直提！』

『你害死我跟阿成了，爲什麼不能提？我們被困在這裡全是因爲你！』上山的男孩氣急敗壞，『要不是你故意將路標弄反，我們也不會迷路！』

『我才無辜吧，你們兩個搶女人，爲什麼要拖我下水？』後頭說話的鬍子哥看來就是阿成本人了，『我撐了五十幾天，你們都不知道我有多痛苦！』

阿翰淡然扯著嘴角，『我不也沒好到哪裡去！我也迷路了啊！』

『但這是一開始就不需要發生的事！你喜歡學妹，就回去後公平競爭，在山裡指引錯誤方向有多嚴重！』

他們就是「吳成翰事件」的三個失蹤好朋友啊！都要四十年前的事了，所以他們是因爲吃醋讓彼此迷路嗎？天哪！

『廢話這麼多，現在不是在找回家的路嗎？』阿翰倏地轉向厲心棠，『是誰說跟著黃色小飛俠，手持三炷香並獻上代替者，就可以回家的？』

呃……厲心棠跟闕擎不約而同的睜圓雙眼，這個傳言居然拼成綜合完整版耶！果然鬼就是人變的，這八卦跟傳話的扭曲模式一模一樣，過一次話就變一個樣。

但拼湊成這麼一個完整的版本，還是挺厲害的啊。

「我，我看得到聽得到，比你們這些被山困住的人更清楚。」闕擎主動接話，說得沉穩專業，彷彿他眞的看透一切似的，「現在也只有我們能上去，會一會這座山的主導者！」

山的主導者……阿翰明顯的流露出恐懼，他們對這座山的敬畏之心，可想而知。

回首望去，一整條稜線上的人都靜了下來，渴望般的注視著他們，甚至有人呈現跪姿，發抖的手裡好好捧著那三根樹枝。

「走吧。」闕擎正首，活絡活絡指頭，攀上眼前大小不一，近乎垂直的石塊。

厲心棠在心裡喃喃唸著，闕擎乾脆去成立宗教算了！說得煞有其事咧！

他們兩個依舊以繩相繫，兩個人維持一定的距離向上攀爬，攻頂並不困難，也多的是腳上可以踩的地方，只是被山吞噬掉的亡者們，多數都沒有機會走到這裡。

闕擎伸出手拉著厲心棠上去，上頭是個相當寬敞的平台，但大概也只能站十幾人寬的大小。

冷空氣讓人喉嚨疼痛，即使是夜晚，在月光的照耀下，俯瞰山下眞的還是美得令人屏息。

而在山頂飛揚的黃色雨衣，令下方所有亡者們激動非常，看啊……那黃色小飛俠就在上頭，能帶他們回家，回應他們祈願的領導者！

還沒來得及喘息，闕擎立即感受到一股惡寒，他不適的護著厲心棠後退，這山頂的風太詭異，像是各種不同方向的氣流在匯集，而且有強大的恨意與怨氣交雜其中。

連厲心棠也都感受到了，她緊緊抓著闕擎的衣服，沒來由的覺得被恐懼侵蝕的不安！

風捲著雪，但本該是透明或帶著雪花的氣旋卻開始摻入深沉的紅色、灰色，逐漸形成了黑色，有個東西正在他們面前成形，那是比一路上遇見的亡者都要強烈的邪氣，甚至還帶有各種殺氣！

最終，一個模糊的人形出現了！黃色飛舞的條狀物在空中劈里啪啦，混濁的陰氣成了一個巨大的「人」。

說是人倒看不見明確的五官，就是徒具一個人形，頭戴頭燈，右手拿著登山杖，左手掐著三根樹枝，全身包覆著破碎的黃色雨衣，而在雨衣底下……是乾黑的身體。

都不必接觸，就能感受到這個「人」身上散發出的各種極端情緒。

『救命！救我出去，誰都好，拜託救我出去！』

『爲什麼我會在這裡？我會死的，我眞的會死……其他人呢？他們是不是走出去了沒來找我？』

『好餓啊，我是不是會死在山裡？我如果就這樣走了，他怎麼辦？沒有我他怎麼辦？還是他會跟別人在一起？』

『都是那個傢伙，是他鼓吹我來登山的！要不是他，我現在就不會一個人在這裡等死了！』

極恨極怨極怒極悲極恐懼，所有極端的負面情緒都集中在這個「人」身上！闞擎瞥著下頭一眾亡者，山裡的亡魂多半只會誘騙登山者往死路走或迷路，從不會親自下手傷害，有殺心但無明確行動，更多的是一種無奈、無力，以及渴望回家的情緒。

但眼前這個可不一般了，殺氣太強烈了。

「這會不會就是妳叔叔說的，念？」闞擎低聲問著厲心棠，集合了所有在山難中死者的痛苦與惡意集合體。

「啊……有、有可能，它甚至沒有一個實體！」因爲她可以從破碎的雨衣透過去見著身體，也能再透過身體看到另一側的雨衣。

「這可更麻煩，除了惡念外，他沒有人性啊。」闞擎喃喃說著，人性，只怕都留在亡者身上了。

下一秒，「念」倏地轉身，他們是用頭燈的位置判定他的正面，他正對著厲心棠。

『那個妳，都留下來吧！所有人都留下來陪著我！』「念」居然發出了聲音，沒有嘴巴，但聲音的確是裡頭發出的。

更可怕的是，厲心棠張大了嘴，這個聲音是、是——「老闆？」有點粗啞的聲音，外加「那個」口頭禪！

「老闆？」闕擎才傻了，「妳認識啊？」

「聲音是我們便利商店的老闆！不是，老闆爲什麼在這裡!?」厲心棠雖然也覺得有不祥預感，闕擎都只找到亮亮的屍體不是嗎？

『全部都留下來！我精心規劃的旅遊你們一個個都不甘願，以爲我不知道嗎？現在正好，都留在這裡陪我吧！』

咚咚，他還將登山杖往地面敲，彷彿那是權杖似的。

「誰……誰甘願啊，員工旅遊一般都是應酬，找個飯店住住聊天就好了，爲什麼要登這麼難的山？而且你看看現在，多少人都死了，這就是你要的員旅？」

『要不是爲了你們，我需要特意規劃這個嗎？』「念」刹地突然移動身子，一骨碌欺到厲心棠面前來。

她嚇得後仰，闕擎抵住她的背，可別退後，他們沒幾步路可以退了喔！

「念」幾乎要貼上厲心棠的鼻尖，她緊閉呼吸，快哭出來的望著「念」，這麼近，她終於看到頭的部分漸漸浮現出老闆的五官。

是這樣啊，這個老闆算新來的卻挺威的嘛！立即就成爲念的一部分了！他死前是多怨啊！

「妳不是說老闆提早一天到，先在營區等你們嗎？」闕擎假意問著，「他爲什麼會在這裡？」

『因爲我——』老闆恨忿忿的轉向闕擎。

太無聊了，一個人在營地裡眞的很無趣，手機都玩到沒電了，行動電源充好一輪後不敢再耗電，待在帳篷裡想著等等要怎麼鍛練這些員工，腦中沙盤推演到滾瓜爛熟了，還是沒見到人。

吃了幾口麵包，他決定到附近走走看看。

因爲只想就近走走，什麼也沒戴，拎著一根登山杖就去閒晃，結果山路崎嶇難行，超出他的想像，加上他肥胖的身材難以負荷，打算走回去時，卻覺得跟來時的路不太一樣，舉目所及都是一樣的路，才驚覺自己似乎失了方向。

這時，遠方有個黃色衣著的人影，像是在注視著他一般，只瞄一眼就離開，他喊著叫著追上去，想請對方幫忙指路，結果腳一打滑，就滑到了山谷下，那區塊其實並不甚陡峭，但是他卻不偏不倚的，撞在樹枝上。

後腦杓就插在三根樹枝上。

『因爲我跟了一個黃色小飛俠。』老闆後面幾句話咬牙切齒，『這些天殺的混帳，他們害死了我！』

或許你不要亂跑就沒事了啊！厲心棠好想這麼說，就是不熟亂跑才出事，接著又害得亮亮去找他，賠上一條命，然後就是一連串的——

「看來你非常生氣，怨著所有人吧！」闕擎無奈的笑笑，因爲這位老闆沒有恐懼，有的只是怨氣。

『我走不了，你們也就都不要走！還有誰——』老闆的五官扭曲成漩渦，這個念的外形又開始變化，『除了妳，還有幾個人，誰都別想走！』

「念」與老闆的身形一樣逐漸擴大，就像是一個黑色的龍捲風似的，一轉眼就包圍住厲心棠與闕擎，將他們裹在中間；而因爲剛剛退得太後面，他們也不敢再往後退，就怕不小心摔落，只能任由「念」裹著他們。

闕擎小心的拉著厲心棠往前幾步，不希望有任何跌落的意外，而被「念」包圍著他們更能感受到各種深層的恐懼與撕心裂肺的哭喊聲，全部來自山難者在山裡迷途時的心聲。

每一個哭泣叫喊，都令人感同身受的難過。

『厲心棠！花哥、老胡跟成娟，我不會忘，還有四個人！』老闆的聲音簡直像立體音響似的，也一直環繞著，『我們的員工旅遊還沒結束！等大家都會合了，我們就準備開始了！』

「我才不要！這個員旅一開始就是錯的了！」厲心棠摀著雙耳尖叫著，「是你害慘了你自己，是你害慘了大家！」

要不是這個員工旅遊，他們每一個人都好好的，根本不會慘死在這山林之中！

腳下的地開始震動，一整座山的哀鳴迴盪，此起彼落，那些對倒插香抱有敬畏與希望的亡者們都在悲泣，他們仍舊用強大的執念祈禱著回家，回家啊！

差不多得了。

「念」的範圍開始縮小，而且闕擎也感受到腳下的雪在震盪，難不成現在是想直接引起雪崩嗎？他想起他們帳篷的位子，山頂一旦雪崩，下頭鐵定被掩埋住的啊！

這還眞是一舉數得的好方法！

許多感情都在「念」裡交雜融合，也有許多痛苦嘶吼的臉孔，闕擎仔細看著那個腦滿腸肥的老闆在某個瞬間出現，用他那個小到不能再小的眼睛瞪著厲心棠大吼時，冷不防的湊上前去！

「喂！你不過是個死人知道嗎？」他盯著老闆低吼，「難道你忘記自己在山裡的無助了嗎？你跑了多久？你摔下時疼嗎？」

看我！闕擎扣著老闆，內心正在吶喊，快——看——著——我！

老闆之前當然不認識闕擎，但這樣的逼近與不客氣，自然讓他出手就想將闕擎擠下山頂！他忿怒的瞪向闕擎，齜牙裂嘴的依然想展現出他現在龐大的力……量？

『我——』我……喉頭裡卡著的話出不來，想推擠闕擎的力道也停了。

事實上整個包圍住他們兩個的「念」都慢了下來，而且開始變得四分五裂。

『啊啊啊——哇啊——』老闆的慘叫聲突然傳來，鬼吼聲令厲心棠緊緊掩耳，『不不，沒有！我沒——』

伴隨著老闆的痛苦慘叫，其他的「念」也隨之應和，山頂上的亡者們錯愕的抬頭，沒人知道山頂發生了什麼事，只知道一片黑氣滯空，兩個黃色小飛俠都在上頭。

而遙遠山上的帳篷裡，有人自帳篷外戳了戳花哥的背。

喝！花哥猛然驚醒，驚恐的回身看著，躺在他膝上的老胡也被吵醒，有點迷濛。

「怎麼了？」老胡撐起身體，聽見遠處好像有轟隆聲響。

「我……我夢到我外公外婆來叫我。」花哥一臉困惑，「叫我們做好防範，因爲即將要……」

雪崩了。

山頂的闕擎蹲低身子，突然朝厲心棠的口袋伸去，她錯愕的看向他，感受著他抽走口袋裡的紙卡，然後朝老闆的額頭拋過去。

「唐家姐弟跟你問好。」他微笑著，還做個舉手禮。

然後，他左手高舉的那三根樹枝，拖著厲心棠直接躍下了山頂——他跳下去了！

咦？厲心棠根本來不及反應，他們兩個的繩子相連，她腦子都沒運轉，自己雙腳便騰了空。

「哇啊啊啊啊啊——」尖叫聲劃破雲宵；同時間，所有的孤魂紛紛從山頂上往下躍。

山上的雪紛紛開裂，然後一波接一波，隨著所有靈體的躍下，一起朝著山下狂奔而去。

這就是個賭。

在這陡峭的墜落間，闕擎把厲心棠拉到身邊，他不賭「百鬼夜行」的人出馬，也賭厲心棠手上的這枚蕾絲戒！

如果都不行，大不了就是一條命，他從來不留戀！

就在離地數公尺的瞬間，一股無形的東西瞬間包裹住他們，事實上在被大雪沖撞前，闕擎甚至都不知道他們四周已經築起了一道無形的牆！但意識到的下一刻就被奔騰的雪給沖走，伴隨著驚叫聲，厲心棠緊緊的抱住闕擎，兩個人像球一樣滾動，夾在雪裡不停的滾動、再滾動……一路滾。

眞的滾到都快吐了，不知道撞到什麼才停下。

兩個人蜷著身子緊緊相擁，撞到頭昏眼花根本分不清狀況，甚至還有些癱軟，所以就這麼蜷著，誰也沒動，誰也沒吭聲，闕擎甚至覺得自己可能撞暈了過去，因爲等他睜眼時，也不知道過了多久。

眼前是漆黑的，他眨著眼，才能確定自己並無闔眼，懷裡的厲心棠沒有片刻鬆手，依舊緊揪著他的衣袖沒放，但卻一動不動。

「喂。」他艱難的喚著，發現自己聲帶彷彿凍僵了，出不了聲，只能搖搖她。

沒有反應。他心裡一沉……可不要跟他在一起時出事啊，他有一百條命都沒辦法賠的啊！

喂！他這次移動麻掉的腳，踢了她一下。

「……嗯……」終於，懶洋洋的聲音出現，「厚……痛。」

「噓。」他用氣音回話，基本上他們現在只能用氣音溝通。

厲心棠用力深呼吸，好凍人的空氣！再緩緩吐氣後便是一陣難受的咳嗽，全身都沒有知覺，不知道是摔斷了哪裡？或是太凍了？

闕擎騰出手，試圖摸著四周空間，發現這可能是個球形體，跟之前在水裡一樣，生死交關之際，這蕾絲戒喚出一個氣泡，才讓他們可以呼吸，不至於溺斃。

厲心棠伸手朝頭頂摸去，輕輕一按，頭燈即亮。

噢！突然間的刺眼光線讓闕擎即刻別過頭，一時無法適應，他闔著眼伸手按住她的頭燈，再睜眼觀察。

「碰不到雪啊……」他伸手朝就近的壁上摸，「很冷，但不是雪。」

厲心棠緩緩伸直手臂，像摸到一個無形的牆，但真的不是雪，不過即使碰不到雪，也依舊冷得要命。

「我們被雪埋住了嗎？」她開始不安，「如果很深的話，我們要怎麼出去？」

「先想想怎麼取暖比較重要。」闕擎試著移動麻掉的身體，球形空間裡很大，至少坐起來還是可以的。

厲心棠也撐起身子，到處都麻，他們維持這個姿勢多久了？他們先喝了熱水潤喉暖身，等到緩過來後，厲心棠拍拍闕擎的肩，讓他轉個身，她要從背包裡拿東西。

「雨衣不要了吧？」她唸著，撕開便利雨衣，然後從背包裡翻找著東西。

「妳還裝了什麼在我背包裡嗎？我怎麼記得妳就放水而已？」闕擎記得出發前她就裝了瓶水啊。

「我之前在山屋裡就放進去了，當墊底的，所以你可能也沒注意。」

她從背包底部抽出一個夾鏈袋，的確跟背包底部差不多寬，裡面有一條又大又寬的毯子，不但可以讓他們披著，甚至還可以當地墊鋪著；兩個人在狹窄的空間裡挪動身子，好不容易才把毯子鋪好地面，再蓋上自己身子。

「這什麼？很保暖啊！」闕擎倒是驚訝，像大型鋁箔布！

「太空毯，緊急求生用的。」厲心棠揪緊了毯子，還是凍人啊。

「什麼時候放在我這普通背包裡的？妳……果真在分散風險啊！」闕擎劃上讚許的笑容。

厲心棠低下頭，在山屋裡時，她也把緊急求生包挪走了。

她是認真的，在防著同事啊！

第十三章 破瘴

狹窄冰冷的空間，闕擎遲疑幾秒，突然把厲心棠摟進懷裡。

「空間有限，別計較太多啊！請記得一定要澄清，這是爲了求生，我可沒非份之想。」

「呵……」厲心棠低低的笑了起來，「你很怕叔叔他們啊？」

「一個吸血鬼就可以要我命了好嗎！」實話實說。

她靠著他的身子，看著詭異的圓形空間，「這個會不會突然消失，然後我們就被雪埋死？」

「按照之前的紀錄，我覺得在確定妳安全前，這個蕾絲戒的保護都不會消失。」闕擎就是賭這個，「不過，居然連吸血鬼都沒出手，看來這裡地盤劃分很清楚啊。」

厲心棠低首轉動著手上的戒指，或許就是爲了以防有這麼一天，叔叔才給了她這枚戒指吧。

「我們這樣跳下來後，會有什麼變化嗎？」她幽幽的問，「那些人，一樣回不了家吧？」

「至少解決掉妳老闆的惡念了！這次山難變這麼嚴重，所有亡者都積極的想誘人入死地，我就覺得山裡絕對有什麼，居然是妳老闆……眞不愧是慣老闆。」

厲心棠抿嘴，「他平常好像不是這樣的……唉，算了，我也不知道他爲人，畢竟我們只對店長。」

「讓那個強大的念減弱，讓大家以爲自己可以回家，我想……或許搜救隊就能看見我們了。」闕擎是這樣打算的，從頭到尾，只是要破壞掉對外界的鬼擋牆而已。

只是雪崩了，也不知道花哥他們怎麼了，而且如果都遭到覆蓋，直昇機還看得見他們嗎？

「那唐家姐弟是怎麼回事？你把名片塞給老闆了？」她有點扼腕，「我以爲那個名片沒什麼用耶！」

「是沒用啊！一張名片能做什麼？」闕擎可沒感到任何驅邪的作用，「那兩個傢伙不來，就是因爲看見你們老闆的名字後才拒絕好嗎？」

「欸——難道他們認識啊？」厲心棠好驚訝，「我以爲是因爲山！」

闕擎挑了挑眉，跟山也有關係，但他忘不了唐家大姐重複老闆的名字後，跟他說絕對不會去救那傢伙的口吻。

看來，受害的員工不只厲心棠他們這票。

兩人低聲討論，等再舒服點滾動球體看看，看看雪有多厚，如果情況允許，就試著挖開雪爬出去；只是登山杖都不知道掉在哪裡了，等等只怕得徒手挖雪了。

「我先喔！」

厲心棠跪坐在地，開始試著推動球體，前後震盪著，感覺好像眞的有點鬆動；闕擎第二輪，他踩半蹲模式，希望球體可以更劇烈一點搖晃，就在某個瞬間，啪的一聲，彷彿氣球破了！

「哇啊！」雪瞬間落下，厲心棠還眼明手快的撲上去抱住闕擎，拿太空毯遮擋。

雪紛紛落在他們身上，都快直接凍傷了！這嚇得兩人措手不及，闕擎亂伸手亂抓，卻突然頓住了。

他們的旁邊，有三根尖尖的玩意兒。

「呵呵呵……」

闕擎低低笑了起來，直接拔出其中一根樹枝，這樹枝還挺長的，便往身邊的雪戳了出去。

「咦咦！」厲心棠在驚呼聲中，迎接了刺眼的曙光。

背對著太陽的兩人，披著太空毯從雪裡鑽出，先爬出去的厲心棠努力的挖寬雪洞，他們在地面下一公尺左右的地方而已，幸好不深。

爬出來的闕擎泛起微笑，望著手裡的樹枝，搖了搖頭。

生與死，都拜這倒插香所賜啊。

沙沙沙……明顯的聲音傳來，老胡在迷迷糊糊中睜眼。

「老胡！花哥！」隱約的像有人在叫他們！

老胡癱在花哥身上，看見帳頂突然進了光也沒多大反應，喃喃自語著，「我們到天堂了嗎？」

花哥難受的甦醒，依舊睡眼惺忪，腦子開機中。

「喂！活著嗎？」闕擎一把揭開蓋著的天幕，從切口往下瞄。「哈囉！早啊！」

老胡瞬間清醒，彈坐而起！

「……棠棠！棠棠！」他轉身搖著還在開機的花哥，「是棠棠他們！」

「喂，雪很深，我沒辦法親自拉拉鍊，你們自己從上面爬出來吧！」缺口換了張厲心棠的臉。

老胡才想要聽話站起，卻被花哥拉住！他搖了搖頭，說好是由他們親自拉拉鍊的！

「十二小時了，也該自己出來了！」闕擎彷彿早料到他們在想什麼，在外面喊著，「喂，過來挖另一頂！」

厲心棠連忙跑過去，算著位子開挖成娟的帳篷，這頂帳篷連天幕都被掩埋了，「成娟！成娟妳聽得見嗎？」

帳裡沒有回應。

但厲心棠跟闕擎還是趕緊拼命挖著，另一邊爬出來的老胡正在適應朝陽的刺眼，一邊看著被雪掩埋的營區，回想著昨晚發生的一切……就是什麼都不知道！

先是花哥說聽見他外公外婆叫他，然後滿山遍野的鬼哭神號、大地震動，花哥緊緊抱住他，擺好姿勢，下一秒就什麼都不清楚了。

恢復清醒的花哥跟老胡也跑過來幫忙挖開帳篷，從空隙往裡看去，只看到臉色慘白、嘴唇發紫的成娟，但無論怎麼喊都沒有聲音。

「成娟！成娟！」厲心棠激動喊著，「她沒辦法出來，我們得挖……」

她緊張的看向闕擎，忍不住淚水滑落，想得到一個答案。

「剛死的人亡魂不一定會出現，我不知道她死了沒！」闕擎沒停下手邊的工作，嘆口氣，「這時候摸脈搏比較準，別靠陰陽眼好嗎！」

老胡忍不住笑了出來，他也的確看不出成娟的生死，真的要量量心跳才準確啊。

四個人合力便挖得很快，但此時此刻，迴盪在山間的聲音卻讓大家頓了住。

噠噠噠噠——噠噠噠噠——螺旋槳的聲音，此時此刻聽起來多麼可愛！

「喂——喂——」花哥即刻回頭，在山頂上揮舞著雙手。

老胡試著找醒目的東西揮動，最後只能抽起自己的圍巾擺動著。闕擎回首瞥了眼，看著直昇機從山下飛上，駕駛員明確的看見他們，並且指示需要一塊地方降落。

他釋然而笑，身邊的厲心棠忍不住大哭出聲，不停的抹著淚水。

他們加緊挖開帳篷的正面，救難隊員跳了下來，當然首要救援的正是成娟，不管生死，擔架都先取下，在救難人員協助下，很快的把她給帶了出來。

救難人員快速檢視，揭開睡袋的尾端，她的腳已經全部發黑了，但還是看向厲心棠，沉穩的點了一下頭，豎起大拇指。

活著，厲心棠抓著闕擎的衣服往他手臂上貼去，成娟還活著。

「你們，怎麼找到我們的？」

好不容易上了直昇機，眾人無不感激涕零。

「有人給了詳細的座標位子，說篤定你們在這裡！」救難人員檢視他們繫好安全帶，「就你們幾個嗎？」

這話問得大家一陣尷尬，老胡頓時又是悲從中來。

「這一批就我們幾個了。」闕擎婉轉的回應，深沉雙眸給了他們答案。

好！救難人員上機，拍拍直昇機，準備起飛。

「是誰給你們座標的？我們應該已經迷失好久了，怎麼會有人知道……手機嗎？」厲心棠非常好奇。

「不清楚，是一位唐小姐給的，她說你們身上有GPS定位，她非常確定你們在這裡。」救難人員嘆口氣，「我們的儀器是完全搜不到，但她昨晚卻突然說她的儀器探測到了，一早就催我們出發了。」

他們身上，有GPS定位器？

厲心棠跟闕擘面面相覷，闕擘更是聽不懂，他買的東西又還沒到貨，哪來的定位器？

「別看我，我沒有啊！我不敢買那些！」厲心棠連忙搖頭。

另一個救難人員拍拍他們，「別想太多，歡迎回家！」

歡迎回家。

四個簡短的字，頓時逼出所有人淚水，連看似健壯的花哥也禁不住熱淚盈眶，厲心棠咬著唇嗚咽的大哭起來，當然又是拿闕擘的衣袖當毛巾。

唯有闕擘，幾天的折磨是消瘦憔悴了些，但依舊端著那神祕高雅的容顏，嘴角泛起一抹笑。

只有他覺得，那裡比家可愛多了嗎？

他們入山後，經過十三天，終於被救出了，新聞大肆報導，便利商店的員工旅遊，含嚮導入山十一人，終於救出了四人，其中一位是巧遇的山友，但在警方刻意的掩護下，厲心棠跟闕擎的名字都沒有曝光。

所有人因為營養不良、脫水加長期低溫，全數住院治療，並謝絕所有採訪。而成娟，雙腳截肢，手指剩下三根，但總算是保下一條命；只是她夜夜惡夢，自責自己害死了朋友們。

甦醒的闕擎很快的配合警方，以地圖指示屍體可能方位，除了亮亮外，還有那對幫助他的情侶、還有店長以及兩個可能在河谷的女孩。

至於其他人，嗯哼，他不知道。

「氣色不錯嘛！」門被敲了兩聲，來人不客氣的走入。

一身便裝的拉彌亞走進來時，闕擎差點都不認識了！

「哇，妳不穿西裝時也挺好看的嘛！」身為「百鬼夜行」的經理，拉彌亞永遠都是西裝筆挺的，今天簡單的襯衫牛仔褲，更顯中性美呢。

「謝謝！我帶了店裡的食物，每一樣都是你愛吃的，而且精心製作。」拉彌亞將一整個餐盒放上一旁，「吃完對你有好處。」

闕擎望著那餐盒，有點為難，「呃，厲心棠有跟你們解釋，我們會抱在一起，或是跳崖都是權宜之計嗎？」

「沒下毒！」拉彌亞失聲而笑，直接湊近了他，「你救了我們棠棠，我們感激都來不及了，怎麼會害你？」

闕擎無路可退，差點被拉彌亞壁咚，尷尬的擠著笑容。

妖鬼魔怪的話，能信？

「你們這次眞徹底，完全沒人介入，我以爲蝙蝠上了海拔四千以上會缺氧才沒來。」闕擎還有空損人，「還是蛇上來會冬眠？」

拉彌亞挑高了眉，「很好笑？哼，硬要介入不是不行，但會非常麻煩，老大要我們不能插手，你不知道我們個個心急如焚——幸好有你！」

「這次是例外。」他拎過餐盒，拉彌亞主動幫他架好餐桌，「當我突然瘋了，沒事找事做。」

拉彌亞貼心的爲他打開餐盒，這三層餐盒，色香味俱全，光用看的就令人食指大動了！闕擎亮了雙眼，醫院伙食是眞不行！

這好像，還是他人生第一個手做便當咧！

「我是很想問你爲什麼會突然到店裡問棠棠的事……還知道她去登山。」拉彌亞即刻收聲，「但我會壓下這個好奇心，我只能說，非常非常感謝你出手相救。」

闕擎拿起筷子，咚咚的在桌上敲了幾下。

「我認眞說，絕大部分還是靠你們，那個……」他指指右手無名指，代表蕾絲戒指，「否則我不敢這樣大膽。」

「但你還是救了棠棠。」拉彌亞他們只記得這點，「整個百鬼夜行均銘記在心。」

闕擎看著一臉眞摯的她，突然覺得這是個好機會。

「我喜歡，實際一點的感謝。」

拉彌亞倒是不動聲色，她早有心理準備，「老大交代了，只要合理範圍內，我們都答應。」

不許厲心棠再來煩他？無限次引領亡者到「百鬼夜行」去？還是給他點強大的護身符，百鬼不侵？

或許，讓時光倒流，讓他可以改變自己的人生？

他低眉，看著眼前這繽紛的餐盒，深吸一口氣。

「我想要百鬼夜行裡，永遠免費、隨點可以隨吃的餐食。」

空氣彷彿在一瞬間凝結。

站在床邊的拉彌亞是眞的愣住了，她表面波瀾不驚，與昂頭認眞談判的闕擎四目相交。

各種逆天的交易她都設想過了，但就沒想到……這個。

「沒問題。」她平穩的回應。

「那就好。」闕擎露出難見的笑容，夾了口鮮蝦捲入口，「噢，這眞好吃！」

拉彌亞輕輕笑了起來，「喜歡就好。」

「那妳可以走了！」闕擎突然越過她，朝她身後看去，「我有訪客。」

拉彌亞回首，門外的確有人，她朝闕擎頷首，看得出他的神情在瞬間歛起，看來外面是不速之客。

「需要我……」

「我自己處理就好，妳快回店裡吧。」闕擎打發著她，「別插手我的事。」

拉彌亞挑挑眉，樂見其成。

她穩穩的步出病房，病房外是兩個穿著普通的男子，他們假裝沒見到她的別開眼神，在她走一段距離後進入了病房。

聽著關門聲，闕擎覺得再好吃的飯菜都變難吃了。

「這麼貼心，還來看我啊！」他背靠著枕頭，愉悅的吃著中飯。

這兩個半生不熟的傢伙，才跟了他兩個月的新人，也是辛苦，這麼努力的跟監他。

「你身邊眞的屍體滾不完啊。」方臉男人嚴肅的皺著眉。

「這次不干我的事，我救朋友去的！」闕擎嘖了一聲，「不是我說，你們也太失職了，既然一直跟蹤我，爲什麼我入山這麼多天，沒有第一時間救我呢？」

「搜尋不到，山這麼大怎麼救？」瘦臉男人認眞的回應。

唷，聽起來像是眞的有求援耶，這樣還挺不錯的。

「好吧，這次是有點麻煩，搜救隊找不到我們也是正常……這次眞的不是我的問題，其中一個員工是我朋友。」

「你給警方的線索，準確的只有三個人，上頭要我們來問你實情。」方臉從口袋拿出一張紙，攤開了問，「你應該知道他們在哪裡的對吧？」

A4紙上，正是這次便利商店的員工們。

「山太太，除非我親眼看到，否則我眞不知道。」闕擎突然一臉嚴肅，「就像我知道這兩個死在河谷，但無法得知是哪條溪哪個河。」

他指著佳臻跟小莘，實話實說。

「她們兩個剛剛找到了，搜救隊從走散的位子去推斷，已經尋獲了。」瘦臉嘆了口氣，指頭指向老闆，「這位呢？」

闕擎搖搖頭，「誰？我沒有看過他啊！」

兩個男人對視一眼，非常狐疑，「你不知道他？」

「不知道，我其他人都見過……就沒見過他。」

氣氛有點沉默，兩位訪客像是也不知道該怎麼辦似的，闕擎則趕緊吃著自己的美味午餐。

「上面希望，你能幫忙找出所有遺體。」方臉在幾分鐘後，說出了要求。

「不可能，我已經說了，嚮導我能準確找到是因爲我眞的有發現他的屍體。」闕擎似笑非笑，「你們這些視我爲怪物的人，怎麼突然這麼積極的要我幫忙？」

「就是因爲你是怪物，否則爲什麼一扯到你，便有一堆屍體在你四周滾動？做點好事，積點德吧！」瘦臉拍在桌子上，激動不已。

闕擎冷冷的望著他，笑容慢慢的收了起來。

方臉即刻拉開瘦臉，上面有交代，盡量不要跟他起衝突的，正面的挑釁更是要全面避免！

「抱歉，他激動了。」方臉竟還致歉，「想想罹難者的親屬，如果你同意，請讓我們知道。」

頷了首示意，方臉拖著瘦臉離開了病房。

闕擎端起蔬菜盒子，長吁了口氣。

「與我何干。」

經過一週的治療，大家都康復很多，已經能下床四處走動了，這天他們約好到頂樓看夕陽順便野餐，唯成娟依然無法下床，她仍舊在加護病房中。

「成娟會好起來的，她只是需要時間。」老胡這麼堅信著，「我去跟她說過幾次話，只能叫她不要自責。」

「很難吧？因爲佳臻是眞的聽了她說的話才……」花哥將喝到一半的飲料塞給老胡，「只能靜待時間會沖淡一切的。」

厲心棠看著對面的兩個男人，飲料喝一半不是問題，但又餵水果又怕著涼披衣服的，這好像……

「你們在一起了嗎？」她冷不防的衝口就是一句。

老胡瞬間僵住，然後厲心棠見證了人的臉可以在五秒內變得通紅。

「在一起了。」這是厲心棠跟闕擎倆的異口同聲。

「不錯嘛！」闕擎是抱持樂觀態度，「我還在想說你們要彆扭到什麼時候？」

老胡咬著唇，害羞得說不出話，花哥也是哎啊了聲，拼命搔著頭。

「本來，本來是不敢想，也不知道他是不是一樣的……」

「損人時好流利，現在說話怎麼支支吾吾了？」闕擎繼續調侃，「好啦，至少這下不會再說，沒有人在等你了吧？」

花哥凝視著闕擎，笑容中帶著點感動，「謝謝你，眞的是你給了我勇氣。」

這反而讓闕擎難爲情起來，他沒做什麼，只是看出了他們之間不敢言明的情感，那時在這麼惡劣的環境下，不好好看清還等什麼時候？

「那你們……」老胡指向了對面的他們。

「我們不是那種關係！」又一次扳起臉來的義正詞嚴，兩人同步擺手咧。

老胡超想說：好有默契，但他們應該會擺出死人臉吧！今天花哥去便利商店買了一堆零食，他們吃得好開心，回想在山裡時的飲食，現在隨便一個蛋糕都是天堂了。

「結果店長跟小剛好像還是找不到，老闆也是，我聽說人道救援的時間快停了。」花哥嘆口氣，「照理說小剛應該就是在那山崖下面啊！」

也不知道是難吊掛？還是其實不如大家想的，他沒有直落山底？

「沐云也完全沒消息，什麼都沒找到。」老胡看向厲心棠，「棠棠，妳背包裡那時還有什麼東西嗎？」

出來後大家才知道，沐云一時情急可能揹錯了包，厲心棠沒有說破實情，因為說不定，她是眞的揹錯了；不過花哥他們仔細一想就發現，如果揹錯了包，那為什麼他們會有天幕可用？

這點闕擎幫忙圓了過去，說他不想讓厲心棠揹太重，擅自挪了一些東西到他包裡，巧合罷了。

只是這個巧合，就不知道能給沐云帶來什麼「驚喜」了。

「你們兩個！」護理師找了上來，「檢查了！」

「喔！好！」是老胡他們要去檢查了。

兩個人匆匆的趕下樓去，頂樓的氛圍變得有點微妙。

「她如果還活著，我就挺佩服的，我們來算算妳挪走了什麼。」闕擎立即哪壺不開提哪壺，「天幕、食物、餐具、太空毯……」

「好了！別說了！」厲心棠不耐煩的低叱，「我不也沒問你小剛的事嗎？」

「妳可以問啊，我大大方方的說！他拿了死者的東西，所以被看上了，妳差點被誘惑摔下懸崖聽見的鈴聲就是警告，因為如果妳死了，大家都是亡靈，就會跟她搶小剛。」闕擎乾脆一拍手，「當時的小剛已經產生劇烈幻覺，被知道姓名後更逃不開糾纏，我只是目送他遠去而已。」

厲心棠緊緊皺眉，「只是目送？」

「對，我不屑對那種人動手的。」闕擎堆滿笑容，「換妳了，談談妳對沐云的防備吧？」

厲心棠難受的深呼吸，但還是得直面自己所做的一切，「我是防她，她偷了我的東西，我怕她最後會偷了我的命。」

闕擎竟伸手拍了拍她，「妳做得很對。」

「你的稱讚反而讓我心慌。」她看著他，淚光閃閃。

「妳若不提防，我們現在都死了！這是妳的成長，我反而覺得很好！」闕擎勾起一抹笑，「妳該不會眞的認爲她是慌張揹錯了背包吧？」

大家連她什麼時候走的都不知道啊！那天在那種情況下，她可以有勇氣先去揹背包，先從後門逃出，還不跟大家招呼一聲，這怎麼可能會是巧合？更別說，她那天可是貼心的將大家的背包重新擺放整齊的主要人物呢！

「哇哇哇，野餐啊！」頂樓突然傳來響亮聲音，帥氣的姐弟閃亮登場，「看我幫你們帶了什麼！」

厲心棠嗅了嗅，眼睛一亮，「鹽酥雞！」

「鹽酥雞、麻辣鴨血、東山鴨頭，應有盡有。」唐恩羽把一整大袋食物擱上桌，「飲料！」

「解膩用的，都買無糖綠茶。」弟弟唐玄霖放上四杯綠茶，他知道他們有四個人。

「天哪！」厲心棠興奮的尖叫，好饞啊！「唐姐姐也太好了吧！」

「給你們補補，山難十多天，能活著回來不簡單！」唐恩羽腳一勾，把椅子勾到身後一屁股坐下，「咦？另外兩個生還者呢？」

「去檢查了。」厲心棠開心的打開食物，闕擎聞著這味道也異常滿足。

「你們氣色都很不錯，眞是不幸中的大幸！」唐玄霖由衷的說著，「出院時記得吃個麵線，過過霉氣。」

「謝謝！」闕擎也誠懇道謝。

「對了，你們找到的那個筆記本，是十三年前一個失蹤者的物品，我們已經交還給他們家人了，他們非常感動。」唐玄霖幫厲心棠處理了那個筆記本，她當時挪移物品時，也把那個本子放在身上了。

那本本子事件也讓她發現，沐云的冷血。

厲心棠開心的點點頭，這就是她的目的。

「姐姐啊，你們認識我的老闆嗎？」厲心棠咬著花枝丸，好奇的問。

對面俊俏的姐弟倆瞬間挑了眉，笑容都不見了，一副往事不堪回首的樣子。

闕擎用手肘撞了她一下，別問了。

「那個……是妳發現我們的嗎？救難人員一直說是唐小姐。」闕擎禮貌發問。

「對啊！還有誰？你也眞能撐耶，撐那麼久才用我的陣法！」唐恩羽一副不耐的模樣，「山裡這麼多亡者，你居然只用我弟教你的鹽巴？

闕擎拿著鴨脖子的手頓住了，「陣法？」

「對啊！只要你用那個陣法，我就知道你在哪裡！」唐恩羽驕傲的抬起頭，「偏偏這麼多天，你就是不用！」

厲心棠愣愣的看向闕擎，他們不是沒用啊！只是因爲那時山不讓他們走，所以外界看不到他們，所以使用了那個術陣後，唐姐姐也感應不到吧！

「等等，那個陣法……是妳獨家GPS？」闕擎喉嚨有點緊。

「對啊！不錯吧，有看到效果嗎？」唐恩羽眨著一雙眼，老王賣起瓜來，「不是我在說喔，那種等級的鬼一踏進我的陣裡，絕對被吞掉的，同時我還能知道你在哪裡，多完美啊！」

「不是……誰會把那種東西當作GPS的啊？」

「啊啊，好啦！先吃先吃！」厲心棠跳起來緩頰了，「一起吃嘛！」

闕擎頭疼得扶額，但還是咬下鴨脖，再怎樣別跟食物過不去。

闕擎轉頭看向橙色夕陽，在山裡那幾天也看過好幾次了，雖然山林壯麗，但他寧願坐在這裡看，更舒適。

他現在由衷的希望，沐云還活著，與他們一起欣賞這落日餘暉。

活得越久，折磨才會越可怕。

尾聲

望著日落西山，枯瘦的女孩一點兒都不覺得美，她在溪邊瑟瑟顫抖，她腿上的傷口已經在腐爛，化膿不止的傳來陣陣腐敗味，一旁擺著她吃到一半的生魚，身上的衣服都被磨破，這幾天越來越冷了，她不知道還能撐到什麼時候。

呵，她苦笑著，爲什麼沒人來救她？

向後枕著背包，沐云忍不住委屈的哭了起來。

她刻意拿走棠棠的背包，結果裡面竟然什麼都沒有！只剩幾包餅乾跟巧克力，沒有天幕沒有地墊沒有多餘的防寒衣物，連繩子都沒有！

好卑鄙的傢伙！居然把求生的東西都挪走了！

沐云咬著指甲，棠棠爲什麼會把東西挪走？是在防備誰？總不會知道她想要拿走她的背包吧？

「厲心棠妳個賤貨！」她痛苦的喊著，山裡傳著回音：賤貨賤貨賤貨。

噠。一抹黑影突然從旁躍下，她嚇了一跳。

一頭大型山豬，正在不遠處看著她。

不不，別開玩笑……她腳已經骨折了，跑不動啊！

「走開！走開！」她對著山豬大喊，拾起岸邊的石頭就朝牠扔過去！

山豬一驚，凶猛的直接朝她衝過來！

「哇啊！不——呀——」

一拱，獠牙刺進了她的身體裡。

二拱，她被狠狠拱飛，身體飛到半空中再落下。

三拱，她聽見了其他骨頭斷裂的聲響。

她像個無骨的布娃娃，一再被拱飛、一再的落地，終至癱軟的趴在滿是碎石的岸邊地面。

山豬沒有再攻擊，確定她無威脅性後，悻悻然的走了。

沐云無助的趴在地上，她好像……下半身沒有感覺了？骨折的腳不再痛，但也不能動了。

她的身體……她的脊椎被撞斷了嗎？

「呵呵……哈哈哈……」

她哭笑不得的哀鳴著，問題是，她還活著，她為什麼還活著啊？

遠方的登山客冷冷的看著她，拿起登山杖轉身離開，她這樣不行的，怎麼可以求自己獨活而意圖害棠棠呢？

登山客喬了一下肩頭的女孩，輕脆的鈴聲跟著響起，他面無表情的，繼續踏上他永無止境的登山路。

叮鈴。

後記

本書是開春第一本，算算時間，應該是陪大家一起過年了喔！不過寫後記的現在，是二〇二一年的年末了！

山難的故事很多，我也寫了不少，這次認眞的把黃色小飛俠寫上了，其實黃色小飛俠跟魔神仔這兩類很像，而且很常被歸在都市傳說中，不過我認眞的研究過，我覺得它們眞的比較像是阿飄類。

畢竟都是被山留下的人。

我很常看山難事故的紀錄，台灣的山難事件更多，尤其黑色奇萊也是赫赫有名，失蹤的人們至今依舊沒有蹤跡；最近又看見跑山獸尋人的過程，更清楚看到台灣的山實在太美了，但有多美、就有多危險。

雖是近期才接觸到，不過兩次都看見他最終尋獲，不過均已往生，可能多半都是摔落；這時便想起了之前就聽過有人提起：山裡迷路時，千萬不要下切河谷，十分危險，因爲若是摔下、摔傷了，就很難再往上爬。

但我也記得很久很久以前，大人都說萬一在山裡迷了路，就要找有水的地方，才不會渴死，有水就能活。

後來記憶中有過幾次山難，發現遺體時都是數十天後，他們就是在河邊，那是有水的地方，但終究沒來得及被拯救啊！當時就會想：爲什麼？他們找到了水，有水有魚！

資訊發達的現在，就會有更詳細的解答，找水源這件事並不算錯，但是要依照山的種類而定，台灣山勢極爲險峻，下切河谷非常危險，尤其下切路可不是一條鋪好的柏油路膩！那都是碎石或泥路，不是完整的「路」，有時走到一半，才發現你是卡在懸崖峭壁上的！

這時進退兩難，萬一一個不小心踩滑摔滾下去，輕則骨折、重則喪命，骨折後又怎麼辦？正因爲太陡峭，你會連爬都爬不回去。

而且這樣反而受傷又導致行動不變，姑且不論疼痛發炎傷口潰爛或是發燒，那遇到山中的野生動物時，連閃躲有時都成問題。

再來，其實人三天不喝水會有生命危險，但失溫三小時就有生命危險了，山裡的水源並不少，露水、雨水、甚至有些積水（快渴死時是不會計較這麼多的），所以在眞的遇險時，保暖比找水重要太多了。

那眞的迷路怎麼辦？有個「STOP原則」：

一、S，Stop，停下：請先停下並保持冷靜，因爲一旦發現迷路便易陷入恐慌，腳步會變得過快導致錯估距離，接著誤判位置。因此原地停下深呼吸並休息。

二、T，think，思考：回憶一下最後看到同伴是什麼時候（眞的不建議單獨登山喔！）、又是從哪兒開始走錯的？地圖跟指北針都拿出來，有把握就走回前一個叉路，沒把握還是待在原地比較好。

三、O，observe，觀察：看看四周，有沒有人待過的殘跡？像路標、垃圾、生火痕跡；再觀察危險處，如懸崖、落石；然後找遮風避雨的地方，最後就是看聽不聽得到人聲、哪邊有空地？手機有無訊號？

四、P，Plan、計畫：盤點並規劃裝備、糧食與飲水，避免保暖衣物被淋濕；如果原地沒訊號，必須移動並找棲身之所時，一定要沿途留記號，至少要知道怎麼走回來，或是有人會發現你的記號，如此可增加被發現的機會。

這些在網路上都找得到，可是我覺得旁觀者來看都很容易，但自己深陷其中時就不一樣了！首先能不能這麼理智？慌亂找訊號或找路時會不會忘記做記號？氣候很糟時只想快點找地方躲、接著就越走越偏……

還有許多山路需渡河，如果近期才下過雨，山上水勢怕會湍急，千萬不要強硬渡河，河水眞的沒想得這麼容易，一個打滑就被沖走了。

其實在寫這篇後記的現在，正值蕾神之鎚事件，但上週我記得我又有看到一個登山好手的失蹤消息，目前依舊在尋找中；當然會有人說，不要登這麼危險的山就好，一般小山健行走走就好了！

但我也記得，有個媽媽獨行去爬很多人都去過的抹茶山，但她後來也是不小心迷路了，數個月後找到，研判可能也是因爲摔落。

許多事我們都不希望遇到，但當需要時，常識與知識是彌足珍貴的。

結果山的事講好多喔！好啦，這次取名「黃色小飛俠」，我想只要是台灣人都會知道它的由來，登山避免穿黃色雨衣，畢竟傳說太多，還有人說穿了會被揍，這我就不知道眞的假的了！但很多人依舊會說：千萬別跟著黃色雨衣走。

厲心棠正在逐漸成長，被保護長大的她，總覺得世界會跟家裡一樣，待她那麼的好，與之爲善，但事實不然，她是需要在接觸中學習的；至於闕擎身上一堆謎，剛好符合他謎之貴公子的模樣，他目前還是能活得好好的，大家放心。

而且現在有新的後援啊，唐家姐弟網購，至少可以幫上闕擎一點兒小忙（吧？）

如果好奇唐家姐弟過去的故事，我放在《詭軼紀事》當中，那是與其他數位作者合寫的短篇合集，二〇二一走節日路線，每一集都發生一件小事，記錄著唐家姐弟以前遇過的事情；而很高興的宣布，二〇二二還是可以繼續看到他們喔！

至於本書中的「同事們」，如果大家都試著易位而處，你們會跟那個角色選擇一樣的路嗎？

在意見分岐時，你會選擇跟著大家走？還是選擇自己認爲對的路？

當資源有限，而你是擁有者時，你會選擇跟大家分享？或是獨善其身？

在資源明顯不均的情況下，你會不會試著搶奪或偷取他人的豐厚資源？

當你已經歷經亡靈與幻覺騷擾，好不容易到避難山屋裡躲藏，面對外面敲門的人，在不確定是人是鬼的情況下，你是否會開門讓外頭的人進來？如果是鬼，你會倒楣，但如果是人呢？山屋是大家的，你能承受讓其他人凍死在外面的罪惡感嗎？

當你發現你的同伴或好朋友，將成爲最大累贅、甚至拖著大家邁近死亡時，是否會選擇棄他而去？

危難之際，人性眞的不堪一擊，只要隨便想想，就會覺得還挺可怕的。

總之，如果去登山，請做好完善功課、裝備萬全、避免獨自登山，迷路時冷靜並先保暖，天候不好不要硬去爬山、並切忌下切河谷。

二〇二一年，謝謝大家再次把我送上了博客來華文作家年度第七名，現在的排行榜是所有類型一起比較，壓力無敵大，幸好我有你們的支持，才能繼續上榜，你們永遠都是我的天使。

新的一年裡，我即將有小說改編的電影於鬼月上映，各種相關活動陸續出寵，還請大家多多注意粉絲專頁的訊息囉！

最後，感謝購買本書的您，購書才是對作者最實質且直接的支持，沒有您們的購書，作者便無法繼續書寫，萬分感謝、銘感五內！謝謝！

更願二〇二二台灣疫情快點過去，寰宇安寧。

苓菁

境外之城 129

百鬼夜行卷6：黃色小飛俠

作　　者／笭菁
企畫選書人／張世國
責 任 編 輯／張世國
發　行　人／何飛鵬
總　編　輯／王雪莉
業 務 經 理／李振東
行 銷 企 劃／陳姿億
資深版權專員／許儀盈
版權行政暨數位業務專員／陳玉鈴
法 律 顧 問／元禾法律事務所　王子文律師
出版／奇幻基地出版
城邦文化事業股份有限公司
台北市 104 民生東路二段 141 號 8 樓
電話：(02)25007008　　傳眞：(02)25027676
網址：www.ffoundation.com.tw
e-mail：ffoundation@cite.com.tw
發行／英屬蓋曼群島商家庭傳媒股份有限公司城邦分公司
台北市 104 民生東路二段 141 號11 樓
書虫客服服務專線：(02)25007718・(02)25007719
24 小時傳眞服務：(02)25170999・(02)25001991
服務時間：週一至週五09:30-12:00・13:30-17:00
郵撥帳號：19863813　　戶名：書虫股份有限公司
讀者服務信箱 E-mail：service@readingclub.com.tw
歡迎光臨城邦讀書花園 網址：www.cite.com.tw
香港發行所／城邦（香港）出版集團有限公司
香港灣仔駱克道 193 號東超商業中心 1 樓
電話：(852) 2508-6231 傳眞：(852) 2578-9337
馬新發行所／城邦（馬新）出版集團
【Cite(M)Sdn. Bhd.(458372U)】
11, Jalan 30D/146, Desa Tasik,
Sungai Besi, 57000 Kuala Lumpur, Malaysia.
電話： (603) 90578822　　傳眞：(603) 90576622

封面書衣插畫／Blaze Wu
封面版型設計／Snow Vega
排　　版／極翔企業有限公司
印　　刷／高典印刷有限公司
■2022 年（民 111）1月25 日初版一刷
■2023 年（民 112）11月9 日初版4刷

售價／330元

國家圖書館出版品預行編目資料

百鬼夜行卷 6：黃色小飛俠 / 笭菁著 .-- 初版 .--
台北市：奇幻基地出版；家庭傳媒城邦分公司
發行；2022.1（民 111.1）
面：　公分 .--（境外之城：129 ）
ISBN 978-626-7094-14-3（平裝）

863.57　　110020938

ISBN 978-626-7094-14-3
Printed in Taiwan.

※ 本故事內容純屬虛構，如有雷同，純屬巧合。

城邦讀書花園
www.cite.com.tw

廣　告　回　函
北區郵政管理登記證
台北廣字第000791號
郵資已付，免貼郵票

104台北市民生東路二段141號11樓
英屬蓋曼群島商家庭傳媒股份有限公司城邦分公司 收

請沿虛線對摺，謝謝

奇幻基地

每個人都有一本奇幻文學的啓蒙書

書號：1HO129　　書名：百鬼夜行卷6：黃色小飛俠

請於此處用膠水黏貼

奇幻基地

讀者回函卡

謝謝您購買我們出版的書籍！請費心填寫此回函卡，我們將不定期寄上城邦集團最新的出版訊息。

姓名：＿＿＿＿＿＿＿＿＿＿＿＿＿＿ 性別：□男 □女

生日：西元＿＿＿＿＿年＿＿＿＿＿月＿＿＿＿＿日

地址：＿＿＿＿＿＿＿＿＿＿＿＿＿＿＿＿＿＿

聯絡電話：＿＿＿＿＿＿＿＿＿＿傳真：＿＿＿＿＿＿＿＿

E-mail ：＿＿＿＿＿＿＿＿＿＿＿＿＿＿＿＿＿＿

學歷：□1.小學 □2.國中 □3.高中 □4.大專 □5.研究所以上

職業：□1.學生 □2.軍公教 □3.服務 □4.金融 □5.製造 □6.資訊

□7.傳播 □8.自由業 □9.農漁牧 □10.家管 □11.退休

□12.其他＿＿＿＿＿＿＿＿＿＿＿＿＿＿＿＿

您從何種方式得知本書消息？

□1.書店 □2.網路 □3.報紙 □4.雜誌 □5.廣播 □6.電視

□7.親友推薦 □8.其他＿＿＿＿＿＿＿＿＿＿

您通常以何種方式購書？

□1.書店 □2.網路 □3.傳真訂購 □4.郵局劃撥 □5.其他

您購買本書的原因是（單選）

□1.封面吸引人 □2.內容豐富 □3.價格合理

您喜歡以下哪一種類型的書籍？（可複選）

□1.科幻 □2.魔法奇幻 □3.恐怖 □4.偵探推理

□5.實用類型工具書籍

對我們的建議：＿＿＿＿＿＿＿＿＿＿＿＿＿＿＿＿

＿＿＿＿＿＿＿＿＿＿＿＿＿＿＿＿

＿＿＿＿＿＿＿＿＿＿＿＿＿＿＿＿

請於此處用膠水黏貼